GUNTER GERLACH

FRAUEN VON BRÜCKEN WERFEN

HÄNDELS MÜNCHNER FALL

CONTE *krimi*

Bibliografische Information der Deutschen Nationalbibliothek
Die Deutsche Nationalbibliothek verzeichnet diese Publikation in der Deutschen Nationalbibliografie; detaillierte bibliografische Daten sind im Internet über http://dnb.d-nb.de abrufbar.

ISBN 978-3-941657-62-5

Am Ludwigsberg 80-84
66113 Saarbrücken
Tel: (06 81) 4 16 24-28
Fax: (06 81) 4 16 24-44
E-Mail: info@conte-verlag.de
Verlagsinformationen im Internet unter www.conte-verlag.de

Lektorat: Rouven Hans
Umschlag und Satz: Markus Dawo
Druck und Bindung: Prisma Verlagsdruckerei GmbH, Saarbrücken

»Es ist erstaunlich, wie viele Leute schreiben können,
ohne mit der Sprache selber in Berührung zu kommen.«

VERENA STEFAN im Vorwort zu »Häutungen«

1
Ausführliche Schilderung zerstückelter Opfer

Lieber Georg Händel,
leider hat sich Ihr letzter Krimi nicht wie erwartet verkauft.

Beginnen Sie deshalb in Ihrem neuen Buch mit einer möglichst brutalen und blutigen Vergewaltigung. Das Publikum hat daran Vergnügen. Und arbeiten Sie unbedingt mit einem von diesen beliebten Serienmördern – am besten einem intelligenten, aber von Rache getriebenen, der geheimnisvolle Zeichen hinterlässt und seine Morde ankündigt. Und bitte vergessen Sie nicht, die ausführliche Schilderung der zerstückelten Opfer.

Der Ermittler muss Probleme im privaten Bereich haben: Frau will Trennung, minderjährige Tochter will zu ihrem Freund ziehen. Damit haken Sie die gesellschaftspolitischen Aspekte ab.

Schön wäre es, wenn die Geschichte bis ins Dritte Reich zurückführt oder überhaupt in der Vergangenheit spielt. Aber denken Sie auch an den Bezug zu aktuellen politischen und kulturellen Problemen: Handel mit Organen, Waffen, Frauen, Missbrauch und Pornografie. Suchen Sie sich etwas aus.

Herzliche Grüße aus dem Verlag
Ihr Franz Pfeifer

2

Ein falsches Wort und du bist tot!

Eine Unachtsamkeit. Es geht zu Ende. Ich Idiot.

Zum zweiten Mal verlöscht die Treppenhausbeleuchtung. Für einen Moment stehe ich in vollkommener Dunkelheit. Diesmal strecke ich den Arm nicht nach dem Lichtschalter aus. Ich klebe mit dem Rücken an der Wand, spüre mit den flachen Händen den Unebenheiten der braunen Wandlackierung nach.

Pickel auf der Haut eines Mörders, fallen mir ein. Typisch. Aber dann denke ich doch an das letzte Mal, an dem ich mit einem Mädchen im Treppenhaus stand und wir auf das Verlöschen des Lichtes warteten, um uns endlich küssen zu können. Vor über dreißig Jahren war das. Und diesmal ist es umgekehrt. Sie wird mich nicht küssen.

Ich höre Sabines Atem. Er bläst durch schwarzes Gras. Wenn ich nur wüsste, was ich gesagt habe.

Irgendetwas hat sie verletzt. Aber was? Ich habe etwas gesagt, eine Frage gestellt, ein falsches Wort benutzt, das ich nun nicht mehr zurücknehmen kann. Es würde auch nichts nützen, denn einmal Ausgesprochenes bleibt in der Luft hängen wie der Duft einer Wohnung. Man muss damit leben und kann von Glück sprechen, wenn das Wort keine Alpträume verursacht, weil man sich nicht erinnert und nicht einmal den Versuch unternehmen kann, es zurückzunehmen.

Dabei erinnere ich mich genau an die Situation, aber nicht an das Wort. Ihr Körper verlor plötzlich die Beweglichkeit. Erst ein paar Sätze später habe ich es registriert. Zu spät. Sie zögerte, ist schließlich im schmalen Flur des Hauseingangs stehengeblieben, hat Distanz gesucht. Sie wollte nicht mehr mit hochkommen in meine Wohnung.

Ein falsches Wort und du bist tot.

Es muss ein Adjektiv gewesen sein. Es sind immer die Adjektive, die Menschen auseinanderbringen. Jeder füllt sie mit einer eigenen Bedeutung, je nach seiner Erfahrung. Ein falsches Wort.

Ich bin der Mörder unserer Liebe.

Jetzt nähert sich draußen auf der Straße ein Auto. Seine Scheinwerfer fangen sich im geriffelten Glas der Haustür. Die Reflexe machen aus ihrem Gesicht einen Schafskopf. Dann ist es wieder dunkel.

»Aber er hat schon drei Frauen umgebracht«, sagt sie. Ich rieche das Gras und erinnere mich an ihre raue Zunge. Sie sei von einem Schaf geboren worden, hat sie behauptet. Ich glaube ihr.

»Er ritzt den Leichen Bibelzitate auf die Bäuche. Du musst daraus einen Roman machen«, fährt sie fort. Petersilie im Atem. »Du weißt doch, wenn du darüber schreibst, wirst du irgendwann in deinem Manuskript auf den Mörder treffen, du wirst den Kerl überführen!«

»Vielleicht.«

»Nein, so ist es bei dir immer. Du schreibst darauf los und plötzlich weißt du, wie alles gewesen ist und wer es getan hat.« Sie redet, um ein Geräusch zu machen, um von unserem gemeinsamen Leben abzulenken, das es nicht mehr geben wird.

Licht! Ich taste nach dem Lichtknopf und drücke ihn. Ein Relais knackt, als würde eine Waffe durchgeladen, die Stromsparlampe erhellt sich langsam und eine Uhr beginnt laut zu ticken. Es ist unser gemeinsames Licht, das abläuft. Wir haben nur noch Sekunden.

»Es tut mir leid«, sage ich.

»Was?« Sie betrachtet den Fußboden.

»Ich habe irgendetwas Falsches gesagt.«

Sie antwortet nicht.

»Komm«, sage ich und neige den Kopf in Richtung Treppe.

»Ich habe Angst vor dir.« Ihr Kopf bleibt gesenkt, kein Blick. »Ich bin ein Schaf, du bist ein Wolf.«

Es klingt, als glaube sie, ich würde sie umbringen. Als wäre ich derjenige, der den toten Frauen Bibelzitate auf die Bäuche ritzt. Vielleicht ist es eine Reinigungszeremonie. Die Frau als das Böse, das Schlechte. Serienmörder in Büchern denken so.

Ich könnte sagen, es sei lächerlich, mich als Wolf zu bezeichnen. Es ist, glaube ich, genau das von mir unkontrolliert benutzte Wort, bei dem sich vorhin ihr Köper versteifte: »lächerlich«. Ich schnaufe als Antwort. Ein halbes Lachen. Eine Geste zwischen Unglauben und Ablehnung.

Ein Schriftsteller, der unkontrolliert Wörter benutzt!

Warum nicht? Die anderen machen das in ihren Manuskripten ununterbrochen. Oft werden Bestseller daraus! Und die Kritiker reden dann von wortmächtig oder sprachgewaltig. Nur weil einer wahllos alles benutzt, was er gelernt hat. Aber Kunst entsteht durch Selbstbeschränkung. Wer sich etwas verbietet, fordert sich zugleich heraus. Er muss sein Ziel auf neue Weise erreichen. Wer sich Grenzen setzt, muss kreativ werden. Weglassen allein genügt nicht.

Sie dreht sich zur Haustür. »Ich muss nochmal ins Büro«, sagt sie, um allen Diskussionen aus dem Weg zu gehen. »Mach es gut.«

Sie hebt die Hand und geht. Kein Kuss, kein weiterer Blick mehr. Ich werde sie nicht wiedersehen, und wenn doch, wird sie eine andere Frau sein. Mit einem Blick voller Winter, durch die beschlagenen Scheiben einer anderen Liebe.

Langsam rutsche ich mit dem Rücken die Wand hinunter, bis ich auf dem Boden hocke. Ein Wolf soll ich sein? Ein einsamer

Wolf, fünfzig Jahre alt, mit grauen Schläfen, dem schon die ersten Zähne fehlen? Und dem die Frauen davonlaufen.

Dann wird es wieder dunkel um mich. Jemand hat mich von einer Brücke ins Wasser geworfen, in einen nächtlichen Fluss. Ich muss an die Oberfläche. Ich schnappe nach Luft. Für den Bruchteil einer Sekunde habe ich die Vision einer kommenden Gefahr.

3
Männer, die wie ein Misthaufen stinken

Ich weiß, dass etwas Neues beginnt. Ich sitze an meinem Laptop und schreibe auf, was ich eben erlebt habe. Das werden die ersten beiden Kapitel eines neuen Buches. Mal sehen, wohin es mich führen wird. Dabei trinke ich schnell eine Flasche Bier nach der anderen, damit ich schlafen kann.

Aber das Bett wird mir zum Klumpen, zum Wesen ohne Glieder, das auf mir liegt und schwitzt. Immer wieder versuche ich, mit dem Kopfkissen das Gespräch zu wiederholen, dass ich mit Sabine hatte, in dem jenes Wort fiel, das der Anfang vom Ende war.

Zu viel Pathos. Den Anfang vom Ende unserer Beziehung hat es schon viel früher gegeben. Er lässt sich nicht an einem Ereignis festmachen. Es war eine Art Tröpfchen Infusion mit dem Gift der Missverständnisse.

Das Kissen schweigt und macht einen toten Leib aus sich. Ich stoße die Bettdecke mit den Füßen von mir. Meine Arme kleben am Körper. Ich zerreiße den Schweißfilm, wandere zur Kühlung durch die dunkle Wohnung. Ich gehe in die Küche, gieße mir aus einer geöffneten Weinflasche ein. Ich gehe mit Flasche und Glas ans Fenster, sehe hinaus auf die Straße und denke, dass ich von der Straße aus gesehen das Bild eines Verlassenen abgebe. Für einen Moment gefällt mir das. Im Selbstmitleid eine gute Figur machen. Ich trinke das Glas aus, gieße nach, bis mich nach der Frau auch der Geist verlässt. Auch eine Lösung, aber nur für eine Nacht. Oft geübt. Ich kenne das Ergebnis. Am nächsten Tag riecht man wie ein Misthaufen, so wie nur verlassene Männer riechen. Aber ich kenne noch eine andere Methode. Ich schalte den Laptop ein und suche auf der Internetseite der Bahn nach dem nächsten Zug von Berlin nach München. Flucht.

Es ist der Gedanke, nicht da zu sein, wenn sie doch noch mal anruft.

Es ist der Gedanke, selbst ein Ende zu machen.

Ich brauche nicht lange, um zu packen. 5.48 Uhr ab Hauptbahnhof. Ankunft in München 11.49 Uhr. Das passt. Vor zwei Jahren habe ich mir in München eine kleine Wohnung in der Theresienstraße gekauft. Die Maxvorstadt hatte mir gefallen. Die Mischung aus kleinen Läden, Büros, Wohnungen. Bis vor vier Wochen war die Wohnung noch vermietet.

Ich hole meinen Koffer vom Schrank, klappe ihn auf und starre in die beiden leeren Kunststoffschalen, die wie der Körper eines ausgeweideten Käfers vor mir liegen. Die Metamorphose von Kafka. Bloß keine Erinnerungen einpacken. Am besten nichts mitnehmen und alles in München neu kaufen, dann habe ich zu tun und kann mich ablenken. Je zwei Unterhosen, Socken und T-Shirts für die ersten Tage genügen. Den Computer noch in die Umhängetasche stecken. Beim Verlassen der Wohnung, öffne ich die Kühlschranktür, dann schalte ich die Hauptsicherung aus. Auf der Hauptstraße fährt ein Taxi auf der Suche nach mir. Die Frau unter mir hat einen Schlüssel. Ich werde sie in den nächsten Tagen anrufen, damit sie jemanden besorgt, der die Wohnung aufräumt, den Kühlschrank leert und sauber macht.

Ich stehe auf dem Bahnhof herum, im Untergeschoss. Der Bahnsteig ist der Ort für Verlassene. Ich übe den Blick ins Nichts. Im Zug finde ich eine leeres Abteil, setzte mich und klappe den Laptop auf den Knien auf und schreibe bis hierhin. Punkt. Dann füge ich hinzu: Schreiben ist immer noch die beste Therapie.

Ich sehe auf. Der Zug fährt, hat Berlin schon verlassen und mir gegenüber hebt sich die Nase einer Frau in die Höhe. Ich muss nach einem Misthaufen stinken. Wie ist die hereingekommen? Ich kann mich nicht erinnern

»Sie sind dieser Krimiautor«, sagt sie von oben herab. Krimiautor klingt wie Misthaufen. Ihr gesamtes Gesicht hängt an dieser Nase. Die Physiognomie erinnert mich an eine Figur von Wilhelm Busch. Vielleicht die fromme Helene. Ich muss das nachschlagen. Ich glaube, Helenes Nase war kleiner. Ein Zitat daraus fällt mir ein: »Das Gute – dieser Satz steht fest – ist stets das Böse, was man lässt.«

»Georg Händel«, sage ich, als unterschreibe ich die Zeile von Wilhelm Busch als mein Lebensmotto.

»Lina Wasmeier«, sagt sie und streckt eine Hand aus.

Ich will danach greifen, da sagte sie: »Das sollten Sie nicht tun.«

»Was?«

»Mir die Hand geben. Ich bin eine Hexe. Mit einer Berührung geraten sie in meine Gewalt.«

Ich grinse und schüttle ihre Hand. »Ich bin immun.«

Dann wende ich mich wieder meinem Laptop zu. Und tippe ihre Beschreibung hinein. Sie wirkt bunt mit den blauen Jeans, gelber Bluse und der vor der Brust herabhängenden Tasche mit rot-gelbem Indianermuster. Das Haar schlängelt sich vom Kopf herab. Sie könnte auch eine Zeitreisende aus den Siebzigerjahren des vorigen Jahrhunderts sein.

»Was schreiben Sie da?«

»Das, was ich soeben erlebe«, schreibe ich und sage es.

»Wirklich?«

Ich nicke.

»Sie schreiben über mich?«

»Ja.«

»Dann sollten sie wissen, dass ich nach München fahre, um

einen Mord aufzuklären. Wieder Mal hat eine Freundin, der ich meinen Laden überlassen habe, scheinbar Selbstmord begangen. Sie ist von einer Brücke in die Isar gesprungen. Tot. Vorher hat sie ihre Schuhe ausgezogen und auf der Brücke nebeneinandergestellt. Die Polizei sagt, das wäre typisch für Selbstmörder. Ich sage, niemand springt von einer Brücke, unter der das Wasser gar nicht tief genug ist, um zu ertrinken.«

»Interessant«, sage ich und klappe meinen Laptop zu.

Sie legt den Kopf schräg, das hellbraune Haar spreizt sich vom Kopf ab und zeigt ein Ohr. Es ist blau.

»Sie interessieren sich nicht dafür?«, fragt sie.

»Nein, nicht so richtig«, sage ich.

Ich lasse die Lider halb herab.

»Es ist Mord und schon zum dritten Mal.«

»Klar«, sage ich, dränge meinen Körper in die Fensterecke und schließe die Augen.

Nur das blaue Ohr sehe ich noch in meiner Vorstellung. Niemand hat blaue Ohren.

4
Ein vom Herbst befallenes Blatt im Gegenlicht

Durch unzählige Romane zieht sich das Rattern der Eisenbahn, wurde unter der Feder vieler Autoren zum Takt eines Liedes, eines Textes oder des Schlafes. Die Zeit hat aus dem Rattern ein Rauschen gemacht. Die Schienen sind miteinander verschweißt, keine Lücke mehr, kein Rhythmus. Das Rauschen verändert seine Tonhöhe, je nachdem woran der Zug vorbeifährt. Kein Geräusch mehr zum Einschlafen oder für Reflexionen, die es vor allem sind, welche aus Texten Literatur machen, behaupten viele Kritiker. Den Begriff Literatur verwenden sie dann in einem höheren Sinne, als der Kunst nah. Aber nicht der Inhalt macht die Kunst, sondern die Form. Inhalt ist immer zeitgebunden, Form ewig.

Ich erinnere mich an einen Krimi eines dänischen Autors, der mir als Reflexionen sein gesamtes Wissen über die Mathematik beibringen wollte. Ich habe es überschlagen, denn zur Geschichte gehörte es nicht, die übrigens – und das ist eine Methode, Bestseller zu produzieren – bis in die Nazizeit zurückreichte. Der Erfolg des historischen Krimis muss an der Sehnsucht der Leser nach dem Leben in einer überschaubaren Zeit liegen. Beim Blick in die Vergangenheit kann plötzlich Unwichtiges erkannt werden und sich Strukturen herausbilden. Die Gegenwart ist dagegen ein verwirrendes Gemisch, man befindet sich in einer dunklen Wolke von Einflüssen und Informationen. Alles ist unwägbar. Alles entwickelt sich in Sprüngen, so dass man kaum hinterher kommt. Die Gegenwart erschöpft den Menschen.

Aber vielleicht ist das Lesen von Romanen sowieso eine rückwärtsgerichtete Tätigkeit. Konservativ. Die klassische Erzählhaltung ist die Vergangenheit, als ob alle Geschichten sich tatsächlich ereignet hätten. Dabei wird selbst in der Vergangenheitsform Geschriebenes beim Lesen Gegenwart. Der Leser erlebt es im Augenblick des Lesens. Alles spräche für die Form des Präsens, so wie hier.

»Sie schlafen ja gar nicht«, sagt Lina Wasmeier.

Ich öffne die Augen nicht. »Woher wollen Sie das wissen?«

»Ich spüre das an Ihrem Atem. Ich nehme sogar an, Sie können gar nicht im Zug schlafen.«

Ich öffne die Augen. »Stimmt. Nun sagen Sie schon, was Sie wollen.«

»Ich habe Ihren letzten Roman gelesen: Friedhof der Beziehungen. Stimmt das denn alles?«

»Ist das wichtig?«

»Eigentlich nicht.« Sie schüttelt den Kopf, kommt endlich mit der Nase runter. Und im gleichen Moment weiß ich, dass sie mir gleich gestehen wird, auch einen Krimi schreiben zu wollen.

»Es ist nur so«, sagt sie, neigt sich vor und ihr Blick kommt jetzt unter den Augenbrauen hervor, streift die geordneten Härchen. »Ich habe mir vorgenommen, auch einen Krimi zu schreiben. Wissen Sie, es ist jetzt schon die dritte Freundin.«

»Das sagten Sie schon.«

»Erst Viola, dann Marie und jetzt Karo. Und immer stehen ihre Schuhe nebeneinander am Rand einer Brücke. Alle drei sprangen in die Isar, auf gleiche Weise. Die Polizei interessiert sich nicht dafür. Und ich werde jetzt genau wie Sie, einen Roman daraus machen. Und genau wie Sie werde ich den Täter zwischen den Tasten meines Computers finden!«

»Klar, warum nicht«, sage ich mit Schlafaugen.

Ich entdecke in diesem Moment, dass ihre Haar- und Augenfarbe von identischem hellem Braun sind. Fast noch ein dunkles Gelb. Die Sonne steht tief. Ein vom Herbst befallenes Blatt im Gegenlicht. Ich könnte es in der Hand halten, seine Maserung betrachten. Wegen dieses Bildes spare ich mir eine ironische Antwort. Stattdessen atme ich einmal tief ein und aus, so dass sich mein Oberkörper erst aufrichtet und dann zusammensinkt. Eine Geste des Überdrusses, hoffe ich.

»Sie sind unmöglich«, sagt sie. »Sie sind doch gar nicht müde.«

»Doch.«

»Sie könnten sich ein bisschen für mich interessieren. Wir verbringen schließlich bis München ein paar Stunden zusammen.«

»Früher«, sage ich, »sind die Frauen, wenn sie sich langweilten oder sich selbst finden wollten, zum Töpfern in die Toskana gefahren, zum Yoga nach Jordanien oder mit der Volkshochschule zum Stricken nach Schweden. Heute besuchen sie einen Kurs für kreatives Schreiben und planen einen Krimi. Arbeitslose Journalisten, Ärzte, pensionierte Lehrer und überhaupt alle Menschen, die nach und nach entdecken, dass Kinder, Sexualität und Herumreisen das Leben doch nicht ausfüllen, müssen plötzlich Krimis schreiben.«

»Was ist daran so schlecht?«

»Die Krimis.«

»Aber ich habe einen realen Fall, der ...«, beginnt sie.

»Bitte nicht.«

»Geschieht es denn oft, dass ...?« Für einen winzigen Moment lassen die Muskeln in ihrem Gesicht alles Fleisch fallen.

»Sie könne es sich gar nicht vorstellen.«

Sie schweigt, etwas geht in ihr vor. Und bevor es sich in Worte fassen lässt, die mich beeinflussen sollen, stehe ich auf.

»Moment«, sagt sie.

»Gleich«, sage ich und wanke zur Tür des Abteils und weiter zur Toilette. Vielleicht kann ich kotzen. Und danach direkt in den Speisewagen. Fressen und dazwischen immer wieder kotzen. Bis München Hauptbahnhof. Leb wohl, Lina Wasmeier. Da nützt auch das Leuchten deiner Augen in Herbstbraun nichts.

5

Ein Platz im Himmel

Ich sitze im Speisewagen und das Wilhelm-Busch-Zitat verfolgt mich. In mir gärt Bösartigkeit. Der Kellner bedient mich bevorzugt. Er hat mir zu erkennen gegeben, dass er weiß, wer ich bin. Jetzt kommt er wieder langsam den Gang entlang. Das Gesicht eines Verschwörers beugt sich zu mir herab. Er will mich wohl bevorzugt warnen, weil wir gleich entgleisen. Doch dann flüstert er: »Ich schreibe jetzt auch Krimis. Ich habe schon Kurzgeschichten veröffentlicht.«

»Wie schön für Sie«, sage ich zur Tischdecke. »Jeder schreibt heutzutage Krimis.«

»Aber ich habe einen vollkommen neuartigen Serienmörder entworfen.«

Er schlitzt die Augen, presst die Lippen aufeinander, als wäre er selbst der Mörder.

»Lassen Sie mich raten: Er lässt seine Morde wie Selbstmorde aussehen?«

Er schüttelt stumm den Kopf.

»Er ritzt Bibelzitate auf die Bäuche der Leichen?«

Er bemerkt meine Ironie nicht. »Ich verrate nichts, sonst kommt mir noch jemand zuvor.«

»Warten Sie.« Ich sehe zu ihm auf. »Noch ein Versuch: Ihr Mörder mordet nur im Zug?«

»Woher wissen Sie das?«

»Naja, Ihr Beruf«, sage ich. Ich stehe auf, ziehe einen Schein aus der hinteren Hosentasche und lege ihn auf den Tisch. »Stimmt so.«

Er nickt. »Ich bin auch schon im Syndikat, der Vereinigung der Krimiautoren.«

»Die nehmen jeden.«

Das Wilhelm-Busch-Zitat lässt mich davoneilen, bevor ich mehr Gemeinheiten sage. Er folgt mir wie ein kleiner Hund. Gleich verbeißt er sich in meinem Hosenbein.

Ich drehe mich noch einmal um.

»Man liest sich«, sage ich zum Abschied. Ich blase mich auf mit Liebenswürdigkeit.

Er bleibt stehen. »Genau!«

Bestimmt wird in diesem Moment für mich einen Platz im Himmel reserviert.

Dann aber eile ich weiter, beiße die Zähne zusammen und blecke sie für ein Grinsen. Mehr Zähne als nötig.

»Ich lese keine Krimis, ich hasse sie«, knurre ich. Er hört es nicht mehr, aber sofort wird mein Platz im Himmel an einen anderen vergeben.

Für mich bleibt immer noch die Hölle. Da warten schon die Serienmörder auf mich.

6
Sie murmelt Zaubersprüche

Mein Leben als Krimiautor läuft hinter mir her. Ein Leben auf schmalen Eisenbahngängen, auf festgeklebten Teppichen. Ich wage mich nicht umzudrehen. Horden von Speisewagenkellnern treiben mich an, schnappen nach dem Saum meiner Jacke, als wäre es eine Form der Anerkennung oder als könnten sie mich niederreißen, anzünden und sich aus meiner Asche in Bestsellerhöhen aufschwingen.

Krimis sind die modernen Märchenbücher, würde ich gern jemandem erklären. Sie wollen uns vormachen, es sei die Wirklichkeit. Mörder oder gar Serienmörder kommen aber im Gegensatz zu Krimis in der Realität nur sehr selten vor. Die Wahrscheinlichkeit, einem in seinem Leben zu begegnen, ist praktisch Null. Und nur, weil es in den Krimis um Mord und Totschlag geht, also dem Verwerflichsten, was ein Mensch tun kann, werden sie für besonders nah an der Wirklichkeit gehalten. Der Gruseleffekt.

Ich will kein Krimiautor mehr sein. Vielleicht sollte ich meine Schuhe ausziehen, sie an der nächsten Waggontür nebeneinander stellen und hinausspringen.

Jemand tritt aus einem Abteil, weicht vor mir zurück. Ich muss mein Aussehen überprüfen, stürze in das nächste Toilettenabteil, schaue in den Spiegel. Einer, dem die dunklen Strähnen vom Kopf fallen als wollten sie ebenfalls flüchten, schaut zurück. Um die Augen schwillt die Haut und hat in giftigem Gelb gebadet, so wie die Zähne, die am grauen Zahnfleisch hängen, sich am liebsten fallen lassen würden. Den Kerl mag ich nicht, der will ich nicht sein. Ich probiere ein Lächeln. So sehen Mörder aus im Augenblick der Tat.

Weiter zurück zu meinem Abteil, die Tür schnell geschlossen, die Vorhänge an der Tür und das Rollo am Fenster zugezogen. Sie ist immer noch allein. Ein bisschen wundert es mich.

»Auf der Flucht?« Lina Wasmeier, aufrecht, den Rücken hohl, mit einem Übermaß an Freundlichkeit, wie sie diesem Abteil und mir nicht zukommt.

»Oh«, sage ich, »Sie sind noch da.«

Sie antwortete mit einem Lächeln voller Arglosigkeit. »Ich habe auf Sie gewartet.«

»Ein vollkommen neuartiger Serienmörder war hinter mir her«, erkläre ich, »der Speisewagenkellner hat ihn erfunden.«

Verzweiflung und Eitelkeit drücken mich tief in die Ecke neben dem Fenster, damit das Halbdunkel den Unterschied zwischen meiner grauen und gelben Haut vertuscht. Für einen winzigen Moment denke ich daran, an der nächsten Station auszusteigen und zurückzufahren. Sabine. Vielleicht habe ich ihr Verhalten falsch gedeutet. Vielleicht war ihr Rückzug nur eine jener kleinen Disziplinierungsmethoden. Frauen bekommen nie den Mann, den sie wollen. Deshalb nehmen sie den nächstbesten und versuchen, ihn umzuerziehen.

Die Hexe fixiert mich. Der Sonnenschutz vor dem Fenster schaukelt. Schmale Lichtblitze zucken seitlich heraus über ihr Gesicht. Sie murmelt etwas. Wahrscheinlich Zaubersprüche, die mich in den Selbstmord treiben sollen.

»Okay«, sage ich, »erzählen Sie schon.«

Sie schüttelt den Kopf.

»Dafür ist es jetzt zu spät. Ich werde Ihnen die Orte zeigen, an denen sich meine Freundinnen umgebracht haben. Ich hatte übrigens jeweils ein Alibi.«

»Hat man Sie beschuldigt?«

»Ja und nein. Ich sage es nur, falls Sie auf die Idee kommen, ich hätte damit etwas zu tun.« Sie öffnet die kleine Indianerhandtasche, die von ihrem Hals herabhängt. Ich beuge mich vor. Es liegen Papiere darin und Zweige und getrocknete Blätter und etwas aus Fell, aber es ist zu dunkel, um es zu identifizieren. Ich täusche mich vielleicht. Sie gibt mir ihre Visitenkarte. Dann hebt sie das Rollo an, lässt einen Streifen Licht herein, damit ich lesen kann. »Werkstatt für magische Geschenke«.

»Verstehen Sie jetzt?«, fragt sie.

»Nicht so richtig.«

»Weiße Magie ist ein Tropfen, Schwarze Magie sind drei Tropfen derselben Substanz. Ich zeige es Ihnen.« Ihr Gesicht schwebt heran wie ein Foto, das man mir dicht vor Augen halten will. Es wächst in die Breite, dann wird es dreidimensional wie ein Luftballon. Ich denke daran, dass ich sie am Anfang mit Wilhelm Buschs frommer Helene verglichen haben. Ich weiche bis zur Plastikwand zurück. Nicht weit genug. Sie berührt meine Lippen mit den ihren.

»Das ist Weiße Magie«, sagt sie, und kniet neben mir auf dem Sitz.

»Und wie ist Schwarze Magie?«

»Sie wollen es wirklich wissen?«

»Ja.«

Sie küsst mich erneut, spielt mit meiner Zungenspitze. Schließlich gibt sie mich frei. »Das war Schwarze Magie.«

»Und wenn ich nicht an Magie glaube«, sage ich.

»Warten Sie es ab.« Sie geht zurück auf ihren Platz, grinst jetzt wieder als fromme Helene.

Ich würde gern noch mal von ihr geküsst. Aber wieso ist Küssen Schwarze Magie? Da stimmt doch was nicht. Dazu muss doch ein Huhn geköpft werden, und dann taucht jemand seinen Finger ins Blut und schreibt Botschaften. Oh je, echtes Blut, da werden mir schon bei der Vorstellung die Kniegelenke weich. Bei solcher Schwarzen Magie würde ich ohnmächtig werden. Für einen Moment sehe ich mich nackt und von ihr gefesselt. Unser Schiff ist untergegangen und wir haben eine unbewohnte Insel erreicht. Sie tanzt in einem Bastrock vor mir. Aber warum bin ich gefesselt? Egal, die Vorstellung gefällt mir. Ich lasse sie noch ein bisschen tanzen. Funktioniert Magie doch?

7
Da wächst etwas an der Seite aus dem Kopf heraus

Bis München lädt sie mich zu ihrer Geburtstagsfeier in einer Woche ein. Wie alt sie wird, sagt sie nicht. Ich bin auf Schätzungen angewiesen. In der letzten Stunde habe ich das dreimal getan, bei Neununddreißig hatte ich begonnen, und jedes Mal ist sie jünger geworden, jetzt bin ich bei Vierunddreißig.

Ich breite mein Leben vor ihr aus oder jenes, von dem ich will, dass sie es dafür hält. Der Autor auf Bahnsteigen zu Hause. Ich lasse also viel aus. Nicht die Lügen, sondern das gezielte Weglassen von Information macht Menschen gefügig. Die Medien wissen das. Man muss die Welt vereinfachen, nur dann fängt man die Leser. Auch mir gelingt es, ein erstes Ziel zu erreichen. Wir gehen zum Du über und ich versuche, sie noch einmal küssen.

»Na gut«, sagt sie, »aber nirgends anfassen!«

»Ich schwöre.« Ein Spiel, das mir gefällt.

»Noch mal.«

»Halt«, befiehlt sie, als wüsste sie, dass ich jetzt doch nach ihren Ohren greifen wollte. Ich fürchte, sie kann meine Gedanken lesen.

Sie wirft sich in ihren Sitz zurück, zieht die Beine hoch aufs Polster und hält sie mit den Händen fest, als müsse sie hinter Armen und Beinen in Deckung gehend ihren ganzen Körper vor mir schützen. Habe ich Schaum vorm Mund? Tropft es aus den Mundwinkeln?

»Es gibt etwas, dass ich dir erzählen muss.« Sie sieht mich nicht an.

Jetzt kommt wahrscheinlich das Geständnis, dass sie vier Kinder von drei Männern hat und verheiratet ist.

»Seit meiner Geburt fehlt mir etwas«, erzählt sie dem Fußboden.

»Kein Herz?«, frage ich.

Sie blickt auf, lächelt. »Ich habe nur ein Ohr. Die zweite Ohrmuschel ist künstlich, angeklebt.«

»Deshalb darf ich dich nicht anfassen?«

Sie nickt.

»Ich fand Ohren schon immer störend. Wenn man sich vorstellt, da wächst einem etwas an der Seite aus dem Kopf heraus, wie ein Kropf, das stört doch nur«, antworte ich.

Sie sieht mich mit offenem Mund an. Und ich erinnere mich an den Augenblick, als ihr Ohr aus dem Haar herausguckte. Es war blau.

»Okay, was fehlt noch?«, frage ich.

»Nichts. Sonst alles vorhanden.«

Sie steht auf, öffnet alle Vorhänge und das Rollo. Wir fahren bereits durch eine Stadtlandschaft. Das Licht fängt sich in ihrer gelben Bluse. Sie blendet mich, als würde ich in die Sonne blicken. Ich erwarte, dass alles verschwimmt und dann wieder klar wird und ich allein in meinem Abteil sitze. Die Bahnfahrt und die Begegnung mit der jungen Hexe waren ein Traum.

Haben wir uns wirklich geküsst? So etwas gibt es nicht in der Realität. Solche Dinge geschehen nicht wirklich. Das sind genau diese Geschichten, die sich nur ein Autor ausdenken kann.

In Wirklichkeit blicken in einem solchen Abteil alle aneinander vorbei, schweigen über Stunden und verabschieden sich dann mit großer Erleichterung am Zielbahnhof.

Wir fahren in den Bahnhof ein. Die junge Hexe stellt sich ans

Fenster. Sie winkt jemandem. Dann dreht sie sich um, lächelt und sagt: »Auf Wiedersehen.«

Sie sagt es genau in der Art, als hätten wir uns von Berlin bis München in diesem Abteil gegenübergesessen, ohne ein Wort zu wechseln.

Mit Schwung schiebt sie die Abteiltür zur Seite, geht hinaus. Kein Wort mehr.

Weg ist sie. Ich habe mir alles nur ausgedacht. So sind sie, die Schriftsteller. In ihren Geschichten sind sie eine Art Gott mit beschränkter Fantasie. Wahrscheinlich war ich die ganze Zeit allein in diesem Abteil und habe nur diese Geschichte geschrieben.

Ich sehe aus dem Fenster. Erst jetzt fällt mir ein, dass sie kein Gepäck hatte, nur diese Umhängetasche. Typisch für eine erfundene Figur. Vielleicht hat sie den Service in Anspruch genommen, bei dem die Koffer von Haus zu Haus transportiert werden. Und dann sehe ich sie. Sie verlässt den Zug, ruft zweimal laut »Olaf. Hier bin ich.«

Es gibt sie also doch. Aber ist alles wirklich so geschehen, haben wir uns tatsächlich geküsst, oder war sie als Mitreisende nur willkommener Anlass für meine Fantasie?

Olaf, der Trottel, erwartet sie am anderen Ende des Waggons und hört nicht besonders gut. Sie muss zu ihm hinlaufen. Erst als sie ihn anstößt, dreht er sich um, nimmt sie in die Arme. Bei seinem Anblick schrumpfe ich. Ein blonder Riese, eine Mischung aus Filmschauspieler, Bankberater, Modedesigner, gestylt wie ein Model. Er sucht den Bahnsteig ab, weiß nicht wohin mit seinen Händen. Die Finger krümmen sich, wollen Gepäck tragen. Schließlich legt er seinen Arm um sie, als wäre sie etwas, dass er transportieren kann. Sie gehen an meinem Fenster vorbei. Sie sieht mich nicht, dreht sich nicht suchend nach mir um. Eine Frau mit einem solchen Mann am Arm, muss sich nicht nach anderen Männern umdrehen. Ich sehe ihnen nach, bis sie mit der Menge am Ende des Bahnsteigs verschmelzen.

Der Zug endet hier, ich werde noch ein bisschen sitzen bleiben und schreiben. Ich ergänze meine Geschichte um diesen Kerl. Vielleicht sollte ich ihn verändern? Hatte er nicht die Nase eines Boxers und die Stirn eines Neandertalers? War sein Kleidung nicht aus der Altkleidersammlung der Heilsarmee? Alles passte nicht so recht. Ich könnte ihn einfach neu erfinden: Er stottert, ist am ganzen Körper behaart und seine Zähne sind aus Holz und alles, was er kann, ist Gewichte stemmen, über Autos reden und dabei verwechselt er mir und mich. Vielleicht mache ich das.

Ich klappe den Laptop zu und stecke eine Hand in die Tasche. Die Visitenkarte!

Lina Wasmeier – Werkstatt für magische Geschenke.

Ihre Werkstatt liegt in der Türkenstraße, gar nicht so weit entfernt von meiner kleinen Wohnung in der Theresienstraße. Ich will das Abteil schon verlassen, da entdecke ich auf dem Boden das blaue Ohr.

8
Schluss mit der Triebhaftigkeit!

Ich stehe auf dem Bahnsteig in München. Ich betrachte das Ohr in meiner Hand. Es fühlt sich warm an. Ich stecke es in die Jackentasche. Hole es wieder heraus. Es hat sich nicht verändert. Bin ich noch in der Wirklichkeit oder im Fantasieland? Ich stecke das Ohr wieder ein. Es bewegt sich in der Tasche. Jeder wird sehen, dass ich ein lebendes Ohr in der Tasche habe. Sie ist wirklich eine Hexe. Sie hat das Ohr bewusst zurückgelassen, damit ich es ihr bringe. Zu anderen Zeiten hätte sie ein Tuch fallen lassen. Der Gedanke, sie wieder zu treffen, füllt mich aus. Ich kann kaum noch an etwas anderes denken.

Es muss aufhören mit den Frauen. Immer diese Sehnsucht, von allen geliebt zu werden. Bin ich deshalb Schriftsteller geworden? Schreiben als Sublimierung der nicht ausgelebten Triebe. Menschen, die glauben, zu wenig Anerkennung zu finden, werden Schriftsteller. Sie heben ihre Bedürfnisse auf eine höhere Ebene. Da oben auf ihrem Berg stehen sie dann und empfinden weiterhin nie genug Anerkennung. Selbst, wenn sie mit hohen Auflagen belohnt werden, ist es ihnen nicht genug. Selten realisieren sie, dass diese Sucht nach Lob eine Schwäche ihres Charakters ist. Und das Schlimmste: die Veredelung von Bedürfnissen macht es so schwer, sie wieder auf einer unteren Ebene zu befriedigen. Geborene Mörder.

Aber etwas Gutes hat das Training der Fantasie: Ich brauche die Wirklichkeit gar nicht. In kann in meinen Geschichten leben, und das ist besser als die Realität, da bin ich der Allmächtige. Warte nur, Hexe, in meinen Geschichten wirst du mir zu Willen sein!

Schluss jetzt mit der Triebhaftigkeit. Ich brauche keine Frau. Sie küsst mich und dann geht sie, ohne sich umzudrehen, am Arm eines Riesen davon. So behandelt man keinen Mann wie mich. Vielleicht bringe ich dich in meiner Geschichte um. Krimiautoren sind nicht Gott, sondern Teufel.

Ein schwarzer Ballon bläst sich in meinen Körper auf. Ich kenne das schon, wenn mir alles nicht gefällt, gibt es zwei Reaktionen. Entweder die Haut juckt ohne Unterlass am ganzen Körper, oder es bläst sich etwas in mir auf und zerquetscht mich von innen. Ich muss die Luft rauslassen und einen Schmerz dagegen setzen. Ich gehe zu dem eisernen Abfallkorb auf dem Bahnstieg und trete ihn. Einmal, zweimal, dreimal und ein gelber Blitz zuckt von meinen großen Zeh herauf bis in die Stirnhöhle. Verdammt, das war zu viel. Ich tanze auf einem Bein. Dieser Abfallbehälter grinst mich mit seiner Öffnung an. Er hat nicht den geringsten Schaden.

Ich setze mich auf einen der Metallstühle, schrumpfe vor mich hin. Aus dem schwarzen Ballon in mir ist alle Luft gewichen. Meine Eitelkeit hat ihren Sitz in den Hüften, genau dort hat mir die Hexe eine Wunde geschlagen. Durch sie ist alle Luft ausgeströmt.

Ich nehme die Visitenkarte, zerreiße sie in kleinste Teilchen, dann stehe ich auf und lasse die Papierschnipsel auf die Gleise schneien. Ich will auch das blaue Ohr hinterherwerfen, damit es von einem Zug überfahren wird, doch dann denke ich, es ist sicherer, es von einer Brücke zu werfen oder es zu verbrennen. Wenn dort zwischen den Gleisen ein Ohr liegt, werden die Menschen zusammenlaufen und es für den Teil einer Leiche halten. Ein Mörder geht um, zerstückelt seine Opfer in kleinste Teilchen und lässt sie überall in der Stadt fallen. Das würde euch so passen, ihr Münchener!

Ich hänge meinen Laptop über die Schulter, nehme meinen Koffer auf. Ich kann nur humpeln, der Schmerz zuckt bei jedem Schritt bis ins Gehirn, presst mir die Augen zusammen und stößt mich zurück auf den Metallstuhl. Gestrandet auf einem Bahnsteig, jene Deiche der Einsamkeit.

Lina Wasmeier, wie lässt du mich hier zurück? Ich brauche Hilfe in der Realität. Wenn ich mir vorstelle, mein angestoßener Zeh blutet, dann werde ich schon bei dem Gedanken fast ohnmächtig. Ich muss ins Krankenhaus.

Ich schließe die Augen und denke daran, den Bahnhof gar nicht zu verlassen, sondern mit dem nächsten Zug zurück nach Berlin zu fahren. Unterwegs verblute ich, komme als bleiche Leiche in Berlin an.

Einmal hatte ich eine Wunde am Schienbein. Ich war gegen eine Kante gestoßen. Sabine hatte mich an die Hand genommen, nach Hause geführt. Ich habe mich aufs Bett gelegt und nur gegen die Decke gestarrt. Dann hörte ich das Geräusch des Aufschneidens meines Hosenbeines, das Zischen des Eissprays, das Plätschern von Wasser und das Aufreißen der Pflasterverpackung.

Ich habe die Wunde nie gesehen, nur ein kleines Pflaster mit einer Micky Maus darauf. Und als Sabine später das Pflaster abnahm, war nichts mehr zu sehen als glatte Haut.

Lina Wasmeier, du bist ein Micky-Maus-Pflaster!

Warum bin ich nicht mit Sabine zusammengeblieben? Was ist da falsch gelaufen? So lange sie bei mir war, brauchte ich keine Verletzung zu fürchten.

Als ich die Augen wieder öffne, ist mein Koffer verschwunden. Ich richte mich auf. Habe ich ihn auf der anderen Seite stehen lassen? Nein, er ist weg.

Man hat mich bestohlen!

Jetzt ist Schluss. Ich bin dabei, mich in ein Opfer zu verwandeln. Man bestiehlt mich. Als nächstes werde ich umgebracht.

Wo bin ich hier?

Vorsichtig trete ich auf. Es geht. Jetzt ist es sogar gut, keinen Koffer mehr tragen zu müssen. Ich bin leichter geworden. Es ist die beste Art zu verreisen, man lässt sich den Koffer stehlen.

Nein, ich denke nicht daran, zur Polizei zu gehen.

Was soll ich denen erzählen? Dass mir eine Frau und ein Koffer gestohlen wurden?

Wer bin ich denn?

Ein Krimiautor! Auch das noch!

Die Polizisten kommen aus dem Lachen gar nicht wieder heraus.

Ich suche die Straßenbahnhaltestelle und beschließe, auf alles herabzusehen. Auf die Frauen, die Welt und diese Stadt.

Und richtig: Die Großzügigkeit des Bahnhofs ist auf dem Vorplatz sofort vorbei. Das Bahnhofsgebäude mit seinen schiefen Jalousien an den Fenstern steht zum Abbruch bereit. Auf der anderen Seite Häuser aus den Resten einer Stadtmauer. München will für sich bleiben. Die moderne Stadtmauer sind die hohen Preise. Ich behaupte mal, hier ist alles teurer, vom Brötchen bis zum Grundeigentum. Diese Idee werde ich in den nächsten Tagen überprüfen können. Ich muss alles neu kaufen.

An der Straßenbahnhaltestelle gibt es zwei Linien, die ich benutzen kann. Schon beim Näherkommen erkenne ich, dass mich eine Beleidigung erwartet. An der Haltestelle liegt ein offener Koffer, Inhalt verstreut. Es ist meiner. Der Dieb will mir seine Verachtung zeigen. Gut, der Inhalt ist nichts wert, aber wenigstens den Koffer hätte er mitnehmen sollen, der war teuer.

Ich bücke mich, um alles einzusammeln und wieder in die beiden Kofferschalen zu werfen. Ich schließe ihn, komme wieder hoch. Im gleichen Moment versucht jemand, mir den Laptop von der Schulter zu reißen. Ein Mann mit einem schwarzen Motorradhelm. Ein außerirdisches Insekt. Ich schlage mit dem Koffer nach ihm. Ein Mädchen schleudert ihm ihren Jutebeutel gegen die Brust. Der Kerl lässt von mir ab, läuft davon, schwingt sich in einiger Entfernung auf den Rücksitz eines Motorrollers, über dessen Kenzeichen ein Lappen hängt.

»Soll ich die Polizei rufen?«, fragt das Mädchen, wiegt schon ihr Mobiltelefon in der Hand.

Ihr Gesicht ist gepolstert. Wahrscheinlich heißt sie Heidi, kommt aus den Bergen. Sie hat die blonden Zöpfe, die roten Wangen und die Sommersprossen, die man bekommt, wenn man das halbe Jahr mit den Kühen allein auf der Alm ist. Sie trinkt Milch direkt aus dem Euter. Wenn sie in die Stadt geht, packt sie einen Felsstein in den Jutebeutel, wegen der Diebe. Sie hat zwei Tage frei, ist gerade angekommen, um sich bei Beck am Rathaus ein neues Dirndl für den Sonntag zu kaufen.

»Nein, danke«, sage ich, »vielen Dank.«

Wenn ich mir ein Mädchen in Jeans im Dirndl vorstelle, ist die Welt wieder in Ordnung.

9
Blinder Fleck auf der Scheibe

Sie behauptet, der Dieb hätte mich gezielt ausgesucht. Und ich sehe ihrem Gesicht an, dass sie mich deshalb für etwas Besonderes hält. Meine Einladung zum Kaffee, als Lohn für ihre Hilfe, nimmt sie nur deshalb an. Ich erzähle ihr, dass ich gerade aus Berlin gekommen bin. Sie schwankt etwas zurück und dann wieder nach vorn. Sie mag Berliner nicht. Ich bin in Bremen geboren. Mit einem solchen Menschen muss man doch Mitleid haben, eine der ärmsten Städte. So viele Arbeitslose. Und nur ein steinerner Roland am Rathaus als Retter. Wie soll das funktionieren?

In Bremen? Sie glaubt mir nicht. Doch sie hebt den Arm und zeigt auf das Bahnhofsgebäude. Der Schmutz auf ihm ist dicker geworden. Wir gehen zurück zu einem Café, platzieren uns mit Cappuccino an einem Stehtisch. Wenn ich ihn an der Kante berühre, klebe ich fest. Meine Seifenblase vom Almmädchen platzt: Sie heißt Vera, studiert Soziologie in München und kommt aus Frankfurt. Wie konnte ich mich so täuschen. Ich muss in einer Verfassung sein, bei der meine Gabe, Menschen richtig einzuschätzen, versagt. Ich bin blind. Wie soll ich jetzt noch Mörder jagen und Geschichten darüber schreiben?

»Leben kann man eigentlich nur in München, arbeiten überall«, sagt Vera.

»Aber finden Sie nicht, dass die Einkaufspassage vom Rathaus bis zum Stachus eher wie implantiert wirkt, ein künstliches Stück Darm.«

»Könige wohnten in dieser Stadt. In Berlin zogen sie sich erschrocken nach Potsdam zurück.«

Dann fällt mir ein, dass ich sie als Soziologin befragen könnte.

»Wie hoch ist hier die Selbstmordrate«, frage ich.

»In München begeht man keinen Suizid, hier wird man ermordet«, antwortet sie. »Das wissen Sie doch.«

»Nein.«

»Meist allerdings aus purer Habsucht.« Sie beginnt ein paar berühmte Beispiele nennen.

»Und dieser König?«, unterbreche ich sie.

»Halb schob man ihn, halb sank er hin.«

Der Kakao auf dem Milchschaum hat ihr eine zusätzliche, etwas größere Sommersprosse auf die Nasenspitze gestempelt. Es steht ihr. Wir gehen zurück zur Tram.

Vera verabschiedet sich.

»Ich glaube«, sage ich, »ich brauche jemanden wie Sie, als Führer durch die Stadt. «Mehr wage ich nicht zu sagen, denn am liebsten würde ich sie mitnehmen. Eine, die so praktisch denkt, hätte ich gern die nächsten Stunden an meiner Seite, wenn ich versuche, mich in der möblierten Wohnung wieder einzurichten und Vorräte einzukaufen.

»Die Selbstmordrate nach der letzten Statistik ist in Bayern höher als in anderen Bundesländern«, sagt sie, als hätte sie sich diese Information für den Schluss aufgehoben. »Sind Sie deshalb hergekommen?«

»Ich habe beruflich damit zu tun.«

»Sind Sie Psychologe oder ein Mörder?«

»Gute Idee.«

»Finden Sie?«

»Meinem Verhältnis zu Frauen käme es jetzt entgegen.«

»Ach je, verlassen worden.« Vera weicht mit dem Oberkörper etwas zurück.

»Riecht man das?«

»Und nun wollen Sie in München Frauen umbringen?«

»Nein, ich schreibe nur darüber.«

Ich gebe ihr meine Karte, da ist zwar die Münchner Adresse nicht drauf, aber die Mobilfunknummer und meine E-Mail-Adresse. Ich bitte sie, mir ihre E-Mail zu senden, falls ich noch Fragen habe.

Sie grinst, hält es für einen Versuch, sie anzumachen.

»Vielleicht«, sagt sie und das Wort fliegt wie eine Papierblume in den Himmel.

»Ich glaube, ich nehme lieber ein Taxi«, sage ich.

»Meine Bahn kommt«, sagt sie. Es ist eine von den Linien, die auch ich benutzen könnte. Aber wenn ich jetzt auch einsteige, versuche ich sie zu überreden, mit zu mir zu kommen. Und wenn es mir gelingt, komme ich mir wie ein Schurke vor. Ich will ein guter Mensch sein.

Sie steigt ein. Die Glasscheibe der Straßenbahn filtert ihr Gesicht, macht es dünn und bleich. Ihre Hand winkt, löst sich auf wie Milch im schwarzen Wasser. Dann ist sie nur noch ein blinder Fleck auf der Scheibe. Kann es sein, dass ich sie mir auch ausgedacht habe, um in bessere Stimmung zu gelangen?

Gezielt ausgesucht, hat sie gesagt. Der Dieb mich!

Stimmt. Aber warum?

Und wer weiß, dass ich hier in München bin?

10

Jost Swarte lebt

Warum habe ich diesen Apfel an einem Baum auf einer Almwiese in die Tram steigen lassen? Warum habe ich sie nicht gleich als wissenschaftliche Mitarbeiterin engagiert? Meine Hochstimmung ist mit ihr davongefahren. Da kommt meine Muse, meine persönliche Fee, zumindest eine geeignete Mitarbeiterin vorbei, und ich lasse sie ziehen. Ich stütze mich auf das Absperrgitter der Haltestelle. Die Realität schlägt wieder auf mich ein, macht mich krank. Mein Zeh beginnt erneut zu schmerzen. Mein rechtes Handgelenk meldet leichten Schaden durch das Schlagen mit dem Koffer. Es wirkt geschwollen. Ein Schatten schiebt sich über mich. Ich hebe den Kopf. Eine graue Wolke in Form eines Käfers mit acht Beinen. Aus ihr stürzt sich ein einziger Wassertropfen auf meine Stirn. Peng, du bist tot.

Es beginnt nicht zu regnen. Nein, nur eine Wolke mit einem einzigen Tropfen hat mich gezielt ausgesucht. Gezielt ausgesucht.

Ich wische mir über die Stirn. In diesem Moment sehe ich Lina und diesen blonden Modeschöpfer in einem großen schwarzen Auto vorbeigleiten, so leise als hätte es keinen Motor. Es wird von einem kleinen Wasserfall angetrieben. Ihre Hand hat sich auf seiner Schulter niedergelassen, bewegt sich wie ein Blatt im Wind. Ich winke, aber die beiden sehen mich durch die dunklen Scheiben nicht, schleichen auf Samtreifen an mir vorbei. Ein Königspaar fährt an seinen Untertanen entlang. In ihrem Auto herrscht eine künstliche Atmosphäre ohne Verbindung zur Außenwelt.

Türkenstraße, Theresienstraße. Die könnten mich mitnehmen, aber ich würde nicht einsteigen. »Entschuldigung, kennen wir uns?«, würde ich fragen. Nein, da stelle ich meine Schuhe lieber an den Rand der Haltestelle und wenn die Straßenbahn kommt, lasse ich mich überfahren.

Selbstmord als Rache für verschmähte Liebe. Gibt es eine Statistik der Motive? Vera! Das wäre eine erste Aufgabe für dich!

Ich schüttle mich wie ein Hund, um meine Gedankenflöhe loszuwerden. Kein übliches Verhalten auf dem Bahnhofsplatz. Ich werde angeguckt, als hätte ich tatsächlich Flöhe. Ich gehe hinüber zu den Taxen.

Mein Freund, der Baron, fällt mir ein. Es ist, als hätte ich vor kurzem seinen Namen gehört. Hat Vera nicht einmal beim Kaffee von einem Baron gesprochen?

Mein Baron ist tatsächlich von Adel. Alle nennen ihn nur der Baron, und er ist Journalist bei einer Münchner Zeitung. Ich rufe ihn an. Ich werde durchgestellt, obwohl ich nur sage, dass ich den Baron sprechen will, oder vielleicht gerade deshalb. Es ist ein Code. Ich erzähle ihm, ich brauche die Meldungen über die Selbstmorde, bei der die Leute vorher die Schuhe ausziehen und an den Brückenrand stellen.

Es folgt ein langes Schweigen, sodass ich schon vermute, die Verbindung sei unterbrochen, dann folgt ein Schnauben, wie es Pferde von sich geben. Mit dieser Form der Verachtung erfahre ich, dass seine Zeitung nur über Suizide berichtet, wenn ein Prominenter sich umgebracht hat oder es ein besonderes Spektakel war.

»Bayern und Sachsen haben die höchste Selbstmordrate in ...«

»Weiß ich schon«, unterbreche ich ihn. »Schick mir einfach mal, was es in letzter Zeit so gab.«

»Willst du es noch in Papier oder digital? Und wo soll es hin?«

»Ich bin in München.«, sage ich und es trifft ihn wie ein Schlaganfall. Erst Stille, dann Gestotter: »Du bist also tatsächlich hier! Ich kann's nicht glauben. In welchem Mordfall?« Es klingt, als hätte ihm jemand meine Ankunft prophezeit. Er fängt sich und produziert Empörung: »Warum sagst du das nicht gleich? Lässt mich hier in der Luft hängen, als hätte ich kein Recht, das zu erfahren. Ich bin ja auch bloß ein kleiner Redakteur. Auf mich musst du ja keine Rücksicht nehmen. Wer bin ich denn? Verdammt, ich reiß mir die Schuhsohlen ab für dich, erhöhe den Verschleiß meiner Gelenke, beschleunige den Alterungsprozess meines Körpers. Alles für dich und was ist der Lohn?«

»Komm runter«, sage ich.

»Ich will Namen hören«, brüllt er.

Ich sage: »Der Fall Joost Swarte.«

Er schweigt, haucht ein »Was?« durchs Telefon. Ich wiederhole den Namen. Er kennt den holländischen Comiczeichner garantiert nicht. Mir gefällt sein Stil, der plakativ konturierten Flächen. Wie Hergés »Tim und Struppi«. Nur sind Swartes Figuren von größerer Originalität und seine Geschichten grotesker. Von ihm gibt es die Geschichte »Goodbye« voller absurder Morde, die von dem ermittelnden Kommissar immer für Selbstmorde gehalten werden. Inszenierungen des Mörders, die vom Beruf des Opfers ausgehen. Dieser Comic geht mir schon die ganze Zeit im Kopf herum. Und wenn ich mich recht erinnere, wird der Inspektor am Schluss umgebracht und sein Vorgesetzter bedauert seinen Freitod.

»Ich kümmere mich drum«, sagt der Baron und legt auf.

Ich schätze, er brauchte etwa zwanzig Minuten, bis er merkt, auf was für eine Spur ich ihn gelenkt habe.

»Theresienstraße«, sage ich.

Der Taxifahrer sieht mich an, schätzt ab, ob ich Tourist bin, den er durch lange Umwege ausnehmen kann.

»Ich wohne da«, sage ich, um nicht weiter gezielt um mein Geld gebracht zu werden. Dem Fahrer schlitzt das Misstrauen die Augen. Er beobachtet mich permanent im Rückspiegel.

»Was ist los?«, frage ich nach einer Weile.

»Nichts«, sagte er.

»Sie beobachten mich, als wäre ich verdächtig.«

»Ich dachte, ich hätte sie schon mal gesehen.«

»Wo?«

»Auf einem Polizeifoto.«

»Dann sollten Sie mich auf einer Wache abliefern und die Belohnung kassieren.«

Er schiebt die Lippen vor. »Ich weiß ja jetzt, wo sie wohnen. Das genügt mir erstmal.« Er hält vor dem Haus in der Theresienstraße.

Ich bezahle ihn. »Händel, Georg Händel ist mein Name. Wie der Komponist. Zweiter Stock nach hinten raus. Sagen Sie das der Polizei. Von der bekommen Sie dann ja auch das Trinkgeld.«

Ich bin kaum in der Wohnung, als der Baron anruft. »Du Idiot«, bekomme ich zu hören. »Joost Swarte lebt!«

»Okay«, sage ich, »ich wollte dich nur auf diesen Zeichner aufmerksam machen. Aber du kannst noch etwas für mich tun. Ich würde gern alles über eine gewisse Lina Wasmeier erfahren.«

»Die Hexe! Jetzt verstehe ich. Warum hast du das nicht gleich gesagt. Man beschuldigt sie, sie hätte die Leute in den Selbstmord getrieben.«

11

Vergiftet und von mehreren Kugeln getroffen

Die Zwischenmieter haben einen Dreckrand in der Badewanne hinterlassen, ein Muster aus kleinen schwarzen Punkten. Badewanneninfektion. Und über die Kacheln ziehen sich stumpfe Kalkschlieren. Die gesamte Wohnung mit den drei Zimmern riecht nach Staub. Die Schubladengriffe der Möbel wurden zuletzt mit Marmeladenfingern angefasst. Ich brauche eine Putzfrau.

Im Bad ziehe ich vorsichtig meinen rechten Schuh aus. Und hebe den Fuß auf den Badewannenrand. Mein großer Zeh atmet, pulsiert wie ein Igel mit den Stacheln nach innen. Ich entdecke die dunklen Stellen auf den grauen Socken. Das ist kein Schweiß, das ist Blut.

Wenn ich etwas nicht ertragen kann, ist es Blut an meinen Körper. Ich kann nur vermuten, dass es mit dem Tod meines Vaters zusammenhängt. Er verblutete nach einem Verkehrsunfall. Ich sehe mich neben ihm knien bei dem Versuch, das Blut in seinen Körper zurückzustopfen. Ich muss vier oder fünf Jahre alt gewesen sein. Ich denke nicht gern daran zurück. Und ich bin nicht sicher, ob es wirklich meine Erinnerung ist, oder ob ich die Bilder aus den Erzählungen anderer zusammengesetzt habe.

Ich humple zurück zu meiner Jacke. In meiner Brieftasche habe ich eine kleine Pappbrille mit roter Folie. Die Grafikerin eines meiner Bücher hat sie mir gebastelt. Gegen Blutphobie. Wenn ich sie aufsetze, erscheint alles Rote weiß, hat sie gesagt.

Ich humple ins Wohnzimmer und setze mich in einen Sessel. Ich will es bequem haben, wenn ich ohnmächtig werde. Ich setze die Brille auf und ziehe die rechte Socke aus. Ich warte noch, sammle meine Kraft, bevor ich die Wunde betrachte Im gleichen Moment klingelt es. Ich hinke zur Tür. In meinen Gedanken folgt mir eine Spur blutiger Fußabdrücke.

»Ich bin es«, meldet sich der Baron in der Sprechanlage über den Autolärm hinweg.

»Komm rauf.« Ich bleibe in der Tür stehen, mein nackter Fuß stirbt ab. Nicht hinsehen! Der Fahrstuhl setzt sich nicht in Bewegung, stattdessen kommt der Baron völlig außer Atem die Treppe herauf.

»Ist der Fahrstuhl kaputt?«

»Treppe ist schneller.« Er schnappt nach Luft. Sein gesamter Körper ist ein Blasebalg, auf dem schwarzes Haar wächst. Es sprießt aus seinem Schädel und fällt in alle Richtungen herab. Er sieht in mein Gesicht und von dort zu meinem nackten Fuß.

»Was ist ...?« Er zeigt auf meine rote Brille, kriegt einen Lachanfall, hat aber vom Treppensteigen viel zu wenig Luft zum Lachen. Er röchelt, jappst, windet sich, als hätte ihm jemand Gift gegeben und gleichzeitig mehrere Kugeln auf ihn abgefeuert. Wenn ich nicht schnell etwas tue, wird er sterben. Ich schließe also rasch die Tür und warte dahinter. Es funktioniert. Er klingelt, und als ich erneut öffne, steckt er sich gerade den Kamm in die Hosentasche zurück. Seine Haarsträhnen liegen parallel nach hinten. Er presst die Lippen zusammen und steht auf dem kleinen Kunststoffrasen, der meine Fußmatte darstellt.

»Entschuldigung«, sagt er und öffnet dabei kaum die Lippen.

Ein bisschen erinnert mich seine Frisur jetzt an König Ludwig. Nur sein Gesicht ist viel länger und fließt unten am Kinn zu einer Spitzhacke zusammen. Er macht noch mal einen kurzen Ansatz loszuprusten, doch dann schluckt er den Lachreiz hinunter. Ich schildere ihm, dass er jetzt sofort eine Aufgabe als Wundarzt übernehmen muss, um meinen Zeh zu retten, der sonst amputiert werden muss.

Wegen der Dramatik humple ich ins Wohnzimmer. Ich lasse mich in den Sessel fallen und lege meinen Kopf weit über die Sessellehne zurück. »Mach schon.«

Er kniet sich vor mich, ich richte den Blick nach oben.

»Das alte Leiden«, sagt er. Er weiß um meine Schwäche. »Ist nicht so schlimm.«

»Das sagst du so.« Nur nicht hinsehen. An der Zimmerdecke entdecke ich, dass der Haken für die Lampe, die hier früher mal hing, herausgerissen ist. Was haben meine Mieter hier nur getrieben? Vielleicht hat einer versucht, sich aufzuhängen?

Der Baron säubert meine Wunde, will wissen, wie das passiert ist. Ich gebe keine Antwort, brumme nur. Er beschreibt mir, wie und wo der Nagel meines großen Zehs blutet. Demnach ist es wirklich nicht so schlimm.

»Warum bist du hier?«, unterbreche ich ihn. »Warum hast du es so eilig?«

Er fängt mit alter Freundschaft an und kommt schnell zur Hexe. Was ich mit ihr zu tun habe? Wieso ich sie kenne? Was ich von ihr wüsste? Ob ich wüsste, wo sie jetzt ist? Er knurrt und hustet, wenn er seine Fragen formuliert, manchmal denke ich, er würde lachen.

Ich erzähle ihm lieber nichts von meiner Zugfahrt mit Lina Wasmeier, behaupte, ich hätte sie einmal in Berlin auf einer Party getroffen. Das sei alles.

Er hebt die Oberlippe. Er glaubt mir nicht. »Nur auf einer Party getroffen«, wiederholt er. »Wirklich?«

»Okay« sage ich, denn wenn er sie kennt, erzähle ich ein bisschen mehr und bekomme auch mehr Informationen von ihm. »Sie saß im gleichen Zugabteil, erzählte von ihrer Werkstatt. Ich fand es interessant. Am Bahnhof wurde sie von einem großen Blonden abgeholt. Ein Fotomodell, würde ich sagen«

»Das ist Olaf, der ist schwul und macht im Augenblick ihren Laden. Die beiden hätten fast mal pro forma geheiratet, um seinen Eltern einen Hetero vorzuspielen. Sie wollen ihn sonst enterben.«

Er zieht unter seiner Jacke zwei Kopien hervor, gibt sie mir. »Als du mir den Namen Lina Wasmeier mit diesem verliebten Unterton nanntest, habe ich alles ausgedruckt, was es bei uns im Archiv gab.«

Der Artikel berichtet über zwei von Lina Wasmeiers Freundinnen, die sich vor etwa einem Jahr im Abstand von sechs Monaten umgebracht hatten. Von Linas Geschäft mit den magischen Produkten wurde behauptet, einige diese Zaubermittel würden tatsächlich funktionieren. Da die beiden Frauen für Lina gearbeitet hatten, lag die Vermutung nahe, Lina habe die beiden verhext und in den Tod getrieben. Das wurde zwar nicht direkt behauptet, aber der Artikel war so geschrieben, dass die Leser genau das vermuten konnten. Am Schluss stellte der Artikel die Frage, ob es noch Hexen mit magischen Kräften gebe. In einem Kasten innerhalb des Artikels wurden die Leser aufgefordert, über eigene Erfahrungen mit Hexerei zu berichten.

»Ich schäme mich für solche Presseberichte«, sagt der Baron. »Aber was soll ich machen?« Wieder einmal erzählt er mir von seinen Vorfahren, die ihren Grundbesitz bei einer Wette eingesetzt hatten. Jeweils acht Pferde auf jeder Seite sollten zwei Halbkugeln, die nur durch ein Vakuum zusammengehalten wurden, auseinanderziehen. Die Ahnen des Barons hatten auf die Kraft ihrer Pferde gesetzt und alles verloren.

»Ich bin arm«, sagt er.

Ich nehme eine der Kopien wieder auf und sehe, dass der Artikel von Herbert Armenlos geschrieben wurde.

»Baron«, sage ich. »Herbert Armenlos, ein Mann, der das Los der Armen im Namen trägt, das kann nur ein Pseudonym von dir sein. Und wenn mich nicht alles täuscht, bist du heute noch der Meinung, dass Lina wirklich eine Hexe ist!«

Er klebt ein Pflaster um meinen Zeh, gibt mir einen Klaps auf den Fuß, als wäre es jene Aufmunterung, die den Pferden seiner Vorfahren gefehlt hätte.

»Ja, schon gut«, sagt er und schweigt.

»Was nun?«, frage ich.

»Es stimmt. Und ich sage dir, diese Frau hat mit übersinnlichen Kräften die beiden Mädchen in den Tod getrieben.«

Von dem neuen, dem dritten Selbstmord scheint er noch nichts zu wissen.

»Baron, du glaubst nicht wirklich an Hexerei?«

»Du wirst ja sehen«, sagt er.

»Wieso?«

Er steht auf, sieht auf mich herab. »Georg Händel, du kommst nach München, fragst mich nach Selbstmorden und Lina Wasmeier. Was erwartest du von mir? Ich sage, was ich denke. Sie steckt irgendwie mit drin.«

»Sie hat mir die Geschichte auch erzählt.«

»Und? Was hat sie gesagt?«

»Das sie unschuldig sei. Sie hätte damit nichts zu tun.«

Er schnaubt wie ein Pferd. »Ach, und du kommst hierher und rufst mich an und willst alles über die Todesfälle wissen.«

»Ich habe nicht vor zu recherchieren. Ich fand es nur interessant.« Ich stehe noch nicht auf. Ich will das Pflaster nicht angucken. Vielleicht ist es von Blut durchtränkt.

»Das soll ich dir glauben? Du hältst mich wohl für blöd? Ich kenne dich doch, du schreibst an einem neuen Roman, genau über diesen Fall. Stimmt's?«

»Nein, es ist nur eine Idee. Vielleicht mache ich das, ich weiß es noch nicht. Die Geschichte gibt nicht viel her.«

Wenn er weg ist, schreibe ich diese Szene mit ihm sofort auf.

Dann wird mir vielleicht bewusst, was mit ihm nicht stimmt. Er belügt mich. Es muss etwas mit Lina Wasmeier sein.

Ich strecke den Zeigefinger Richtung Fuß aus. »Wie sieht es jetzt aus? Blutet es noch?«

»Nein. Es ist in Ordnung.«

»Aber du guckst selber nicht hin.«

»Georg Händel, mach endlich eine Therapie!«

Etwas arbeitet ihn ihm, er kaut auf seinen Zähnen. Die Wangenmuskeln pulsieren. »Ich bringe dich morgen zu einer Frau, die von ihr verhext wurde.«

»Von Lina Wasmeier?«

»Du wirst schon sehen.«

»Was?«

»Lass dich bloß nicht mit Lina ein.«

»Was hast du?«

»Sie ist der Teufel.«

»Ich denke, eine Hexe.«

Er beugt sich über mich, in seinen Augen schwimmt etwas Blut, das spitze Kinn zeigt auf mich wie eine Waffe und jetzt sehe ich die beiden Höcker auf seiner Stirn. Der Mann ist der Teufel.

»Genau«, sagt er.

12

Entscheiden Sie jetzt, ob sie dieses Buch wirklich weiterlesen wollen!

In der Nacht sterbe ich. München verursacht mir Albträume. Satt mich weiter im Bett zu wälzen, stehe ich auf und gehe durch die Räume der Wohnung, versuche, noch mehr Hinterlassenschaften meiner Untermieter zu finden. Ich entdecke gelbe Spritzer auf den Kacheln in der Küche. Das Schlimmste: Hinter der Kloschüssel liegt ein Kriminalroman. Der übliche überkommene Stil der Schriftsprache angereichert mit tausendmal benutzen Metaphern und Floskeln. Auf ein schnelles Einverständnis mit dem Leser ausgerichtet. Viele Leser denken ja immer noch, wenn ein Autor alle Mittel, die die Sprache zur Verfügung stellt, auch benutzt, sei das guter Stil. Schließlich wird man ja in der Schule von den Lehrern für genau dieses Verhalten gelobt, bekommt die besten Zensuren, wenn man Metaphern aus der Bibel oder von Goethe wiederholt. Man stelle sich vor, die heutige Malerei würde nur Zitate wiederholen und neu zusammenstellen, die vor hunderten von Jahren schon auf Bildern zu sehen waren. Literatur muss, wie die bildende Kunst, neue Bilder oder zumindest Sichtweisen hervorrufen.

Zum Lesen gehört eine kleine Anstrengung, mit ihr aber verdoppelt sich das Vergnügen am Lesen. Literatur, wie sie heute die meiste Verbreitung hat, verlangt das nicht und ist deshalb von allen Künsten die rückständigste.

Die meisten Menschen lesen ja auch nicht mehr, sondern sehen fern und pflanzen sich fort. Man taucht nicht mehr tief in ein Buch ein und verschwindet in einer Geschichte, sondern schwimmt auf der Oberfläche des Bildschirms, spürt im Auftrieb den eigenen Körper nicht. Warum haben sonst Fernsehsendungen mit so genannter Volksmusik die höchste Einschaltquote? Die Bestseller unter den Büchern sind ihnen am ähnlichsten.

Mich wundert nur, dass die wenigen, verbliebenen Leser die Literatur nicht als eigenständige Kunstform wollen, die allen anderen Medien überlegen ist, weil sie in der Lage ist, die besseren Bilder auf die Hirnschalen zu projizieren. Nur Literatur kann mit wenigen Sätzen eine Welt erschaffen, die kein Film zeigen kann. Stattdessen greift die Mehrheit der Leser zum Schmöker im unteren Niveau, mit den immer gleichen Handlungsmustern, den tausendmal benutzten Bildern und Floskeln. Ich beiße in das Buch, knurre und belle ein paar Mal laut, dann klappe ich den Krimi zu. In die Geschichte will ich mich gar nicht einfinden, sonst hören meine Albträume niemals auf. Sex and Crime.

Ich frage mich, ob ich Sabine in Berlin noch anrufen kann. Sie arbeitet oft nachts. Vielleicht sagt sie etwas, das mich sofort veranlasst, zurückzufahren. Sex. Andererseits überlege ich, was ich auf ihre Frage, warum ich ohne Abschied weggefahren bin, sagen soll. Crime.

Ich wähle ihre Privat-Nummer, aber es ist ein Mann am Telefon. Sie hatte also schon einen Neuen, als sie mit mir Schluss machte? Auf alles war ich vorbereitet, aber nicht darauf. Ich schweige, lege wieder auf. Ich bin ein Feigling.

Jetzt kann ich erst recht nicht schlafen.

Ich fühle mich betrogen. Ich setzte mich auf einen Küchenstuhl und sinke in mich zusammen, versuche, so wenig Platz wie möglich auf der Welt einzunehmen. Ich bin einfach nicht mehr da. Vielleicht doch zu einer Brücke über der Isar fahren, Schuhe ausziehen und springen.

Dann fällt mir das Verhalten des Barons wieder ein. Er hat

mir etwas verschwiegen. Er versuchte die ganze Zeit, mich abzulenken. Ich sollte bestimmte Fragen nicht stellen. Er hat sich bewegt, als sei sein Körper lang wie der einer Schlange, die durch ein Gitter kriechen muss.

Ich klappe meinen Laptop auf, vervollständige diesen Text bis zu meiner Schlaflosigkeit. Bis zu diesem Satz. Baron, Baron, Baron, schreibe ich. Und dann dämmert mir etwas. Immer wenn ich schreibe, nähere ich mich den Wahrheiten. Der Baron war mal ein Geliebter von Lina.

Meine alte Fähigkeit ist wieder da.

Ich beginne im Internet über Lina Wasmeier zu recherchieren. Es gibt nicht viele Eintragungen. Zwei Berichte über die Eröffnung ihrer Werkstatt, die wohl mehr ein Laden ist. Ein Artikel über Amulette und Mandalas, in dem sie erwähnt wird, weil man so etwas bei ihr kaufen kann. Ich versuche es unter Hexen. Keine Lina Wasmeier.

Wer will auch schon Hexe sein?

Darf man jemanden als Hexe bezeichnen?

Und dann etwas, das fehlt, aber im Archiv der Zeitung des Barons vorhanden sein müsste: Der Bericht eines gewissen Herbert Armenlos taucht nicht auf. Gibt es eine Zensur?

Ich stehe auf, gehe zu Linas Ohr, berühre es an der oberen Kante. Es zuckt. Haben alle Lebewesen Ohren, oder gibt es welche, die ihr Leben in völliger Stille verbringen? Wo ein Lebensraum viel Lärm bietet, entwickeln sich vielleicht die Ohrmuscheln zurück. Bei Stadtbewohnern.

Dann gehe ich zurück zum Laptop und beginne zu schreiben:

Die Wahrheit ist, der Baron hat mich angelogen.

Ich hole mir das Blatt mit seinem Artikel. Es ist einer Kopie aus der Zeitung sehr ähnlich. Aber es ist keine. Seine Redaktion hat den Bericht nie freigegeben. Ich ahne, dass der Baron diese Artikel nur benutzt hat, um Lina zu erpressen, oder dass sie sein persönlicher Racheakt waren.

Ich spüre, auch das ist nicht die ganze Wahrheit.

Ich beschließe, den Baron sofort anzurufen, aus dem Bett zu holen und ihn anzuschreien. Nach vier Freizeichen schaltet sich sein Anrufbeantworter ein mit folgender Nachricht:

»Sie können froh sein, dass sie mich nicht direkt erreichen. Ich bin so schlechter Stimmung, dass ich jeden Anrufer vollkommen ungerechtfertigt niedermachen würde. Hinterlassen Sie keine Nachrichten.«

13
»Grüß Gott«, Herr Wachtmeister

Laut und deutlich ruft jemand meinen Namen in der Dunkelheit. Es ist Lina. Ich springe aus dem Bett.

»Lina? Wo bist du?« Ich mache Licht, gehe zur Wohnungstür, öffne sie. »Lina«, rufe ich ins dunkle Treppenhaus. Die Lichter von der Straße sägen mit ein paar hellen Zacken an den Stufen. Alle Hausbewohner tot, ich der letzte Überlebende. Das Haus schwankt. Ich bin es, der schwankt. Zu schnell aufgestanden. Im Hirn noch Ebbe, alles Blut in den Füßen, um mich fortzubewegen. Ich hocke mich in den Türrahmen, warte auf die Flut. Sie kommt, ihre Wellen rauschen mir in den Ohren. Ein leiser Ruf aus der Tiefe.

Ich gehe auf den Balkon, sehe hinunter in den Hof. Dort, wo die beiden Männer wohnen, ein flacher Anbau, ist noch Licht, der verbliebene Hof ist ihre Terrasse, nur durch ihre Wohnung zugängig. Ihre Tür nach draußen ist geöffnet. Ein Mann mit kahl rasiertem Kopf in Jeans und weißem Hemd tritt heraus. Er sieht zu mir hinauf. Hat mich Lina von dort unten gerufen?

»Ist Lina bei Ihnen?«, frage ich ohne Kraft.

Er hört mich trotzdem. »Lina?«

»Eine Hexe. Die mich nicht schlafen lässt.«

»Mit Männern schläft man besser«, sagt er. Ein zweiter Mann mit kurzen grauen Haaren erscheint, ihn hab ich schon früher gesehen.

»Stimmt«, sagt er und hebt seine Hand zum Gruß.

»Ich denke darüber nach«, sage ich. Ich ziehe mich an, obwohl es schon auf drei Uhr zugeht. Ich werde jetzt das tun, was ich mir vorhin verboten habe. Ich gehe in die Türkenstraße und gucke mir Linas Laden an.

Ich wandere die Theresienstraße entlang, außer mir ist niemand unterwegs. Nicht einmal ein Auto fährt vorbei. Doch plötzlich kommt ein ganzes Rudel von Fahrzeugen heran mit hohen Drehzahlen wie Motorsägen, und um die Ecke biegt eine Gruppe von fünf Jugendlichen, die laut singen und tanzen.

»›Grüß Gott‹, Herr Wachtmeister«, sagt einer von ihnen. Es lässt Rückschlüsse auf meinen Gesichtsausdruck zu.

Ich bemühe mich zu grinsen.

In der Türkenstraße finde ich Linas Laden nicht. Ich gehe zweimal auf und ab. Die ganze Zeit folgt mir langsam ein Taxi. Will der mich als Kunden oder hält er mich für einen Kriminellen? Ein Einbrecher auf Tour? Ich könnte ihn fragen, ob er Linas Werkstatt kennt. Wahrscheinlich ist der Laden sofort nach dem Tod der letzten Geschäftsführerin geschlossen und geräumt worden und bereits neu vermietet. Doch dann sehe ich ein kleines Schild in einer Toreinfahrt. Werkstatt für magische Geschenke. Der Laden ist im Hinterhaus an der Seite, so dass man ihn von der Straße aus nicht sehen kann. Das Licht von der Straße reicht nicht einmal bis zur Mitte des Torweges. Das Taxi wartet auf der gegenüberliegenden Seite. Ich betrete den Torweg. Der Hinterhof ist wie von schwarzem Nebel erfüllt. Es rauscht wie Wellenschlag. Das Ruder eines Schiffes knarrt. Ein fernes Nebelhorn. Das Schnorcheln eines Ertrinkenden in der Nähe. Keine einzige Positionslampe brennt. Der Boden schwankt. Das Ende der Welt.

Ich schiebe mich Schritt für Schritt in den Hof. Ganz hinten führt eine eiserne Treppe wie eine Brücke über Sumpf und Tod in den ersten Stock eines schwarzen Hauses. Rechts und links ragen dunkle Pflanzen in die Höhe. Ranken kriechen an den Häusern empor. Ein Schmied muss sie aus Metall gemacht haben. Nur noch Symbole für Leben. Ich komme zu einem großen Schaufenster. Glas bis zum Erdboden wie dunkles Öl auf dem Wasser, um den Wellengang zu beruhigen. Und vor der Eingangstür des Ladens wälzt sich ein Seelöwe im Todeskampf. Das Fleisch fault ihm am lebendigen Leib. Hexerei.

»Lina.« Mit ein paar Sprüngen über die Planken stehe ich vor der Tür. Es ist ein Mann, der vor mir liegt. Er atmet wie ein Sterbender. Seine Muskeln sind erschlafft, er stinkt, weil sich seine Körperöffnungen nicht mehr schließen lassen. Auf dem Weg der Verwesung. Ich beuge mich über ihn. Neben dem Gestank ein starker Parfumduft nach Rosmarin. Gegenüber wird ein Licht eingeschaltet. Der Schatten des Fensterkreuzes legt sich über uns.

»Sind Sie verletzt?« Ich gehe in die Knie.

Er trägt einen schwarzen Anzug mit Hemd und Krawatte und öffnet die Augen.

»Geht es Ihnen gut?«, frage ich.

Er richtet sich auf, bleibt aber sitzen und lehnt sich an die Eingangstür des Ladens, schiebt die Krawatte unter sein Jackett. »Für einen Moment dachte ich, Sie wären Karo«, sagt er. Die Stimme versagt ihm. »Oder ihr Geist«, flüstert er. Der Rosmarinduft kommt aus seinem Mund.

»Wer ist Karo?«, frage ich, obwohl ich weiß, dass die letzte Tote so hieß.

»Ich muss immer hierher und auf sie warten. Ich habe einfach vergessen ihr zu sagen, dass ich sie liebe. Verstehen Sie, vielleicht wäre alles anders gekommen. Jetzt warte ich auf ihren Geist. Sie muss erfahren, dass ich sie geliebt habe.«

»Ist das der Laden von Lina Wasmeier?«

»Ja, sie hatte ihn Karo für einige Zeit übertragen. Das ist gerad mal ein halbes Jahr her. Und dann springt sie vor ein paar Wochen von einer Brücke. Glauben Sie das? Ich nicht.«

»Vor Wochen?« Laut Linas Erzählung im Zug schien es gerade erst geschehen zu sein.

Er nickt.

»Waren Sie ihr Freund?«

»Das habe ich immer gedacht. Aber da gab es wohl noch jemand in ihrem Leben, und die oder der hat sie umgebracht. Ich bin sicher, sie kommt hierher zurück und erzählt mir, wie alles gewesen ist. Und dann sage ich ihr, dass ich sie liebe und wir können von vorn anfangen.«

»Ich denke, sie ist tot.«

»Ja, ich bin es dann auch, dann gibt es einen Neuanfang.«

Er stützt sich an der Wand ab, steht auf und schwankt. Ich stütze ihn. Er bedankt sich.

»Haben Sie Lina gesehen?«, frage ich.

»Nein. Sind Sie ein Freund?«

»Ich hoffe es.«

Er lacht. Ich stütze ihn weiter auf dem Weg durch die Hofeinfahrt. Er wächst, richtet sich auf, kann allein gehen. Er zieht eine Visitenkarte aus seinem Jackett. »Falls Sie mal eine Versicherung brauchen.«

Versicherungsbüro Michael Moser, Geschäftsführer, lese ich.

»Georg Händel« stelle ich mich vor. »Wie der Komponist.«

»Verwandt?«

»Ich glaube nicht.«

Wir gehen die Türkenstraße entlang. Das Taxi ist weg. Wir kommen zu einem großen schwarzen BMW. Die Tür öffnet sich automatisch für einen Spalt, als er sich dem Wagen nähert.

»Wissen Sie«, sagt er. »Es gibt eine ganze Reihe Selbstmorde in dieser Stadt, die keine sind.«

Jetzt schaltet ein Wagen in der Parkreihe hinter uns seinen Motor an. Ein Taxi.

»Ich danke Ihnen«, sagt Michael Moser. Er gibt mir die Hand.

»Sie sollten mir mehr über Karo erzählen«, sage ich.

»Vielleicht sollte ich das.«

Er steigt ein und das Seitenfenster schwebt herab. Der Wagen atmet aus. Etwas fault darin.

»Wie bringt man einen Menschen dazu, sich umzubringen?«, fragt er.

»Ich weiß es nicht.«

»Doch, Sie wissen es.«

Das Taxi fährt aus der Parklücke langsam an uns vorbei. Es wirkt, als hätte es auf mich gewartet.

Der Versicherungsmann startet seinen Wagen, dreht am Lenkrad, schlägt zu weit ein und fährt mit Schwung fast bis zur anderen Seite. Seine Bremsen quietschen, um nicht in einen parkenden Wagen zu fahren.

Der Mann ist betrunken. Es war kein Taumeln vor Trauer. Ich muss ihn davon abhalten zu fahren.

Ich winke. »Warten Sie!«

Aber sein Wagen hat sich von der Außenwelt verschlossen, hat einen großen Buckel bekommen. Die Blechflügel eng angelegt. Lichter als Fühler tasten den Asphalt ab. Das Geräusch von tausend Füßen. Er schließt zu der Taxe auf, kriecht hinter ihr her, als würde sie ihn leiten.

14

Unter der Schärfe einer Peperoni lugt ein wenig Grün hervor wie von Porree

Es hupt unten auf der Straße. Der Ton schlingt sich durch das Treppenhaus hinauf, verliert dabei seine Kraft und klopft nur noch schwach an meine Tür. Ich habe keine Fenster zur Straße. Es dauert, bis ich begreife, dass es mir gilt.

Der Baron sitzt in einem alten graublauen Mercedes, mit einem Lenkrad, das aus Elfenbein sein will. Innerhalb des Lenkrades zieht ein dünner Metallring einen weiteren Kreis. Der Baron hat seine Finger drauf, wenn er drückt, klagt der Hupton mich an.

»Warum rufst du mich nicht an, wenn du keinen Parkplatz findest?« Ich steige mit schlechter Laune hinten ein.

»Handy ist kaputt.« Er betrachtet mich über den Rückspiegel, versucht, etwas aus meinem Gesicht herauszulesen. Mir fällt zum ersten Mal auf, dass seine Augen zu weit auseinanderstehen. Ich denke an die Typologie im Faschismus, die sich immer noch als Gespenst fortsetzt. Neulich sah ich ein Buch, das aus der Form der Ohren Charaktereigenschaften ableiteten wollte. Welchen Charakter zeigt ein künstliches Ohr?

»Los, fahr schon.«

Ich überlege, ob ich ihm erzählen soll, was ich glaube. Das alles nur sein Rachefeldzug ist, weil Lina Wasmeier ihn verlassen hat. Aber ich denke, ich spare es mir noch eine Weile auf. Der Wagen hebt seine Nase in die Höhe, dann ordnet er sich in den Verkehr ein. Man macht ihm Platz.

»Hör mal, du steigst hinten ein, als wäre ich ein Arschloch von Fahrer«, sagt der Baron.

»Vielleicht bist du das ja.«

»Na, das ist ja wunderbar.«

»Außerdem: Willst du was von mir oder ich von dir?«

»Ich denke, du bist an diesem Fall dran.«

»Du willst, dass ich daran bin?«

Er schweigt, biegt ab und kommt auf Straßenbahnschienen leicht ins Schwimmen.

»Was ist mit deinen Stoßdämpfern?«, frage ich.

»Kaputt.«

»Gibt es irgendetwas, das in deinem Leben in Ordnung ist?«

»Nein, nichts.«

»Kannst du irgendwo halten, damit ich mir Unterwäsche, T-Shirt, Jeans und so was kaufen kann?«, frage ich. »Ich habe nicht genug Zeug mitgenommen.«

»Deshalb riecht es hier so.« Er grinst. »Wir haben keine Zeit, kannst du danach machen.«

Wir biegen in die Lindwurmstraße ein. Hier gefällt mir München nicht. Die Häuser wirken abweisend, verschlossen. Die kleinen rechteckigen Hecken um die Bäume zwischen Fußweg und Straße erinnern mich an die Gestaltung von Kleinstädten. Der Baron parkt halb in einer Einfahrt und legt ein Plastikschild auf das Armaturenbrett. »Arzt im Notfalleinsatz«, steht darauf und darunter seine Handynummer.

»Ich denke, dein Handy ist kaputt.«

»Passt doch.«

In dem Hausflur merke ich, was es mit dem Haus auf sich hat. Es ist von außen modernisiert, wahrscheinlich auch in Kunststoff eingepackt worden und hat dadurch seine ursprüngliche Form verloren. Im Treppenhaus aus Holz ist die Luft sehr alt und braun.

Eine Frau mit kurzem grauem Haar in einem weiten weißen

Umhang erwartet uns in der Tür ihrer Wohnung. Eine Form von Kleidung, die mich vermuten lässt, sie sei nackt darunter. Im Schnitt ein Nachthemd, aus dem oben ein dünner Hals mit grünlichem Schatten und ein schmaler Kopf ragt, voller Falten. Ein etwa achtzig Jahre alter Morchelpilz, der aus einem Mehlberg wächst.

»Ich dachte schon, Sie kommen nicht mehr.«

»Das ist ein Kollege.« Der Baron stellt mich nicht mit Namen vor.

»Händel«, sage ich, »wie Beethoven.« Die leichte Verbeugung lässt mich ihre Haut genauer betrachten. Es ist ein grüner Teppich, der aus der Kleidung heraus den Hals emporwächst.

»Kommen Sie herein.«

Sie winkt uns an sich vorbei. Im Flur ist sie mir so nah, dass ich den grünen Belag auf ihrem Hals genau sehe. Eine Art Moos. Wahrscheinlich eine Creme gegen Falten.

»Darf ich Sie fragen, was …« Ich zeige auf das Grüne.

»Oh.« Ihr Lächeln wird immer breiter, teilt das Gesicht. Wenige lange Zähne erscheinen, die kaum noch Halt im Zahnfleisch haben. Wahrscheinlich steckt sie nach dem Aufstehen jeden einzeln in seine Fassung. »Deshalb sind Sie doch hier.«

Ihre Mimik verändert sich, das Lächeln bekommt einen Stich ins Schmerzhafte. Sie führt uns in die Küche. »Sie nehmen doch einen Teller Suppe?«

Sie hat für uns gedeckt, zwei tiefe Teller auf gelber Plastikdecke mit roten Blumen. Sie trägt einen Topf vom Herd in die Mitte des Tisches. Für einen Moment ist ihr halber Arm zu sehen. Wieder dieses grüne Moos in der Kehle ihres Ellbogens. Es ist wahrscheinlich eine Krankheit. Sie füllt unsere Teller mit einer gelben Suppe auf. Ich rühre mit dem Löffel darin, schnuppere. Wohl eine Möhren- oder Kürbissuppe. Der Baron nickt mir zu. Ich probiere vorsichtig. Unter der Schärfe einer Peperoni lugt ein wenig Grün hervor wie von Porree.

»Sie wollen bestimmt wieder nichts essen.« Sie nimmt dem Baron den Teller weg und stellt ihm eine Tasse hin, gießt dünnen Kaffee ein.

»Danke«, sagt er. »Können Sie den Anfang noch einmal erzählen mit Lina?«

»Ja, natürlich. Wir wohnten damals nebeneinander. Und ich habe mich ja immer lustig gemacht über ihren Zauberkram. All dieses magische Zeugs, was sie herstellte und mir verkaufen wollte. Bleiben Sie mir damit vom Leib, hab ich ihr gesagt. Das ist doch Teufelswerk.«

»Aber dann hat sich Ihre Einstellung geändert?«

»Nein eigentlich nicht. Ich bin immer noch dagegen. Alles Aberglaube. Ich gehe jede Woche zweimal in die Kirche. Wir haben uns aber trotzdem angefreundet. Ich sagte ihr eines Tages, wenn schon Zauber, dann so was wie die Speisung der Tausend. Sie wissen, aus der Bibel. Und ich spendete ja immer für Brot für die Welt. Und da brachte mich Lina auf diese Idee.«

Sie geht etwas vor mir in die Knie. Sie riecht wie Waldboden und tippt auf ihren Hals. »Das da, das ist die Flechte.«

Ich weiche mit dem Oberkörper zurück, will mich nicht anstecken. »Eine Krankheit?«

»Nein, nein.« Sie lacht, als würden zwei Kieselsteine gegeneinandergeschlagen.

»Das ist die Lösung für das Hungerproblem auf der ganzen Welt«, sagt sie. »Die Flechte. Ich lasse sie auf meiner Haut wachsen. Man kann sie essen.«

»Wie jetzt?« Ich begreife nicht, was sie meint. »Sie züchten das Grüne da?«

»Richtig. Lina hatte mir einen Artikel gegeben über eine Hausfrau in Dänemark. Sie ließ Pilze auf ihre Haut wachsen. In den Feuchtzonen ihres Körpers. Ein kleinwüchsiger Champignon. Ich habe dann auch experimentiert. Das mit den Pilzen geht gar nicht. Die fallen ab. Aber dann habe ich gedacht, was ist mit dem Moos und den Flechten auf den Steinen? Ich habe experimentiert und es geht am besten mit einer bestimmten Flechte aus dem Gebirge. Sie wächst sonst in großer Höhe und ist sehr genügsam.«

Mein Gesichtsausdruck reizt sie zum Lachen. Wieder Kieselsteine, die aneinander schlagen. Am Ende werden es immer mehr und rollen übereinander, bis sie stumm liegenbleiben.

Sie hebt den Kopf und alle Falten ziehen sich in die Länge wie Säulen eines Kirchenschiffs. »Stellen Sie sich vor, der Hunger ist besiegt. Es müssen nur alle mitmachen. Einfach die Nahrung auf der eigenen Haut wachsen lassen.«

Mein Löffel fällt in die Suppe. »Die Suppe ...«, sage ich und wage nicht, meine Frage zu vervollständigen.

»Essen Sie, essen Sie. Sie ist sehr nahrhaft. Und ich ernte jede Woche.«

Mich überfällt Übelkeit. Ich schlängle mich aus dem Stuhl, gehe dicht an der Wand bis zur Tür. »Ich muss los«, sage ich mit dünner Stimme, weil mein Magen mir die Kehle zuschnürt. »Hab Termin.«

Ich gehe ins Treppenhaus. Ich laufe hinab, während die Suppe hochkommt. Eine Etage tiefer übergebe ich sie am Treppenhausfenster dem Pflanzkübel eines Gummibaums. Was für eine Überdüngung.

Unten vor dem Haus, sammle ich immer wieder Spucke im Mund und speie sie gegen ein Gebüsch. Der Baron kommt aus dem Haus, krümmt sich, obwohl er gar nichts von der Suppe gegessen hat. Er krümmt sich vor Lachen, aber es kommt kein Ton aus ihm heraus.

»Du Schwein.« Ich boxe ihn immer wieder gegen die Brust und die Schulter. »Du wusstest es und hast mich reingelegt.«

»Hör auf.« Er wehrt mich ab, geht rückwärts, stolpert am Rand des kniehohen Gebüschs, rudert mit den Armen, um sich zu fangen.

Dann fällt er rückwärts in das stachelige Grün.

»Begreifst du nicht, die arme Frau ist vollkommen verhext. Das ist Linas Werk.« Er flucht, liegt auf dem Rücken und strampelt mit den Beinen. Ein Käfer. Das Gebüsch zerrt an seiner Kleidung und sticht ihn durch den Stoff. Das ist Linas Werk.

15

Ein vollkommen verwachsener Mensch

»Ich kann dich nicht essen«, sage ich der Schwarzwälder Kirschtorte. Sie ist mir fremd, verneigt sich mit ihrer Spitze. Nach der Flechtensuppe hielt ich Kuchen für eine gute Idee. Süßes glättet die Seele, aber mein Magen schüttelt sich, nur die Speiseröhre hält ihn fest, damit er sich nicht fallen lassen kann. Solchen Abscheu formuliert er sonst nur beim Anblick von Blut oder Leichen. Vielleicht ist Schwarzwälder Kirschtorte im Anschnitt einer großen Wunde noch zu ähnlich.

Wir sind Fremde unter Touristen in diesem Café am Stachus. Ich höre Russisch, Italienisch, Englisch und die Ausflüchte des Barons. Auch aufrecht ist er immer noch ein Käfer auf dem Rücken. Er redet und redet und kommt nicht auf die Beine.

Er hat mich hierher geführt, in den ersten Stock dieses Cafés und gezielt einen Platz am Rand des Treppenaufgangs gegenüber der Kuchentheke angesteuert. Wir sitzen auf Barhockern mit Lehnen an einem Stehtisch. Ein Außenseiterplatz, von dem man alle Gäste unter Kontrolle hat.

Ich neige mich vor, betrachte die Schwarzwälder Kirschtorte von der Seite. Sie zittert vor mir.

»Du musst das doch verstehen«, sagt der Baron.

»Was? Entschuldige, ich hab dir gerade nicht zugehört.«

»Lina, ich rede von Lina.« Er erklärt mir, sie habe ihn fallen lassen. Er wisse bis heute den Grund nicht und könne ihre Handlungen nicht verstehen. Er sei seitdem unfähig, eine neue Beziehung zu Frauen aufzunehmen. Immer, wenn er es versuche, komme es zu seltsamen Erscheinungen. Es wachse ihm zum Beispiel ein langes Haar innerhalb von Minuten aus der Nase oder sein Körper beginne nach Schwefel zu riechen. Pickel bilden sich auf der Stirn. Auf den Händen bemerke er plötzlich Warzen. Und manchmal komme es auch zu einem leichten Hinken beim Gehen. Er liebe Lina immer noch, tue alles, was sie von ihm verlange, aber zugleich wolle er ihr schaden.

»Das musst du dir mal vorstellen: Ich will zerstören, was ich liebe! Das tun sonst nur Psychopathen. Es gibt gar keine andere Ursache als ihre Hexerei. Sie beeinflusst Menschen, sodass diese den Tod wählen. Immer auf die gleiche Weise, mit einem Sprung von der Brücke. Und nun ist es schon das dritte Mal passiert.«

»Du wusstest es?«

»Natürlich.«

»Ich dachte, wegen deiner Artikel, da war nur von zweien die Rede.«

»Die habe ich schon vor längerer Zeit geschrieben.«

»Und du glaubst wirklich, sie bewirkt das?«

»Ich bitte dich, das ist doch nicht normal: drei Freundinnen und alle springen von einer Isarbrücke! Ich weiß nicht, wie sie es macht. Es gibt da immerhin die Sache mit den Schuhen. Wie geht das? Du musst dir das mal vorstellen, die stellen die Schuhe ab wie vor dem Bett, bevor sie schlafen gehen. Ordentlich nebeneinander. Und dann springen sie. Da sind doch immer Leute auf den Brücken, Autos fahren vorbei. Das muss doch auffallen, da kann doch keiner ohne weiteres auf die Brüstung klettern, die sind auch viel zu hoch, das schafft doch so ein Mädchen gar nicht allein, wie soll denn ...«

Ich hebe die Hand, um seinen Erzählfluss zu stoppen. »Ich muss mal spülen«, sage ich und gehe auf die Toilette, um mir den Mund auszuwaschen. Kleine grüne Punkte auf der weißen Keramik. Die Suppenflechte wächst jetzt in mir, wie die Seerose in der Lunge von Chloé in Boris Vians Roman »Schaum der Tage«.

Eigentlich ganz normal, dass auch Pflanzen in und auf dem Körper wachsen können. Ich las mal einen Bericht von einem Israeli, der sich eine Pflanze aus dem Ohr wachsen ließ. Der Same war ihm hineingeflogen. Was atmen wir alle ein? Wenn wir sterben und man obduziert uns, findet man eine ganze Wiese in der Lunge. Blumen.

Ich komme zurück und der Baron hängt mit den Armen über der kleinen runden Lehne des Hockers. Er gibt das Bild eines vollkommen verwachsenen Menschen ab, der sich in einer mir unbekannten Welt befindet. Er bemerkt mich gar nicht. Ich steche mit der Kuchengabel in die Schwarzwälder Kirschtorte. Das Stück kippt langsam, legt sich quer auf den Teller. »Was willst du mir damit sagen?«, frage ich.

»Die Macht der Frauen«, antwortet der Baron, »resultiert nur aus der Triebhaftigkeit der Männer.«

»Alles Hexen?«

»Im Prinzip ja.«

»Dann macht der Trieb aus Männern Teufel.«

»Wahrscheinlich hast du Recht.«

»Was ist mit den Schuhen?«

»Genau. Sie sind Tarnung. Wer zum Beispiel Pumps trägt, signalisiert Machtlosigkeit. Verletzbarkeit. So was trägt man doch nicht, wenn man einen stabilen Gang haben will.«

»Ich meine die Schuhe, die sich die Selbstmörderinnen vorher auszogen.«

Der Baron kommt hoch, die Augen senden Blitze. »Genau, das ist es, das sollen die Schuhe symbolisieren. Die Mörderin legt sie als Zeichen aus. Du bist in meiner Gewalt.«

»Die Mörderin?«

»Du weißt es nicht, habe ich es nicht gesagt?«

»Was?«

»Die Schuhe, die auf den Brücken zurückblieben, sind von den Frauen nicht getragen worden. Sie oder ihre Mörderin hatten sie extra dabei.«

»Woher weißt du das?«

»Die letzte hatte noch einen weiteren Schuh an einem Fuß. Einen dritten! Verstehst du?«

»Wer hat dir das gesagt?«

»Die Hexe.«

»Woher wusste sie das?«

»Von der Polizei. Sie musste das Opfer identifizieren.«

»Das heißt, sie war in München, als es geschah?«

»Was denn sonst!« Der Baron kommt hoch, aber eine Hand legt sich auf seine Schulter, drückt ihn zurück in den Stuhl. Lina Wasmeier steht hinter ihm.

»Bleib sitzen!«, befiehlt sie.

16
Wenn die Fantasie die Realität unmöglich macht

Die Muskeln in ihrem Gesicht sind in Bewegung. Die Linie des Mundes schwankt, zieht sich mal nach oben und dann nach unten. Die Augen werden schmal oder weiten sich. Falten erscheinen auf der Stirn und verlöschen. Lina spricht auf diese Weise zu mir, amüsiert sich über mich, meine Vermutung, sie habe vielleicht doch paranormale Fähigkeiten. Ich stelle sie mir in einem Dirndl vor und verwerfe die Vorstellung wieder. Moderne Hexen tragen Jeans.

Sie holt sich einen der Barhocker vom Nachbartisch. Keine Umarmungen für niemanden. Sie setzt sich, sieht kurz den Baron an, und ich weiß Bescheid.

»Warum hast du sie hierher bestellt?«, frage ich den Baron.

Treffer. Er öffnet den Mund, aber es purzelt nur ein Wort heraus: »Woher ...«

»Woher ich das weiß?« Ich schnaufe. »Weil du mich, erstens, in dieses Café führst, eine strategische Position einnimmst, wo man von jedem, der hier hoch kommt, sofort gesehen wird. Weil du, zweitens, mit mir einen Anlass hattest, Lina erneut zu treffen. Weil du, drittens, glaubtest, mit meiner Präsentation ihr Wohlwollen zurückzugewinnen.«

Lina spitzt die Lippen, hebt einen Finger in die Luft, als wolle sie prüfen, woher der Wind weht. Die Kellnerin kommt und nimmt die Bestellung für einen Capuccino entgegen.

»Und was ist mit mir?«, fragt Lina. »Was gibt es über mich

zu vermuten?« Sie neigt sich vor und tippt mit der Fingerspitze mein Tortenstück an. Es rührt sich nicht mehr. Es ist tot.

»Du bist gekommen, um mich zu den Orten zu führen, an denen die Selbstmorde geschahen.«

Treffer. Sie zieht die Mundwinkel herab.

»Und was machst du mit ihm?«, frage ich und zeige auf den Baron.

Sie bekommt den Kaffee serviert, rührt darin und leckt den Schaum vom Löffel. Ihre Zunge ist braun wie ihr Haar und ihre Augen. Vielleicht haben alle Organe in ihrem Körper diese hellbraune Farbe. Eine Flechte?

Die Zunge legt sich um den Löffelstiel. Beweglichkeit wie bei Schlangen. Diese Geste gibt mir eine Ahnung davon, dass ich möglicherweise alles tun werde, was sie von mir verlangt, selbst wenn es die Aufforderung ist, von einer Brücke in die Isar zu springen.

»Manchmal existieren Beziehungen so lange in der Fantasie, bis sie in der Realität nicht mehr möglich sind«, sagt sie.

»Ein Mordmotiv«, sage ich.

Der Baron richtet sich auf, drückt dabei im Übermaß den Rücken durch, wird größer als wir anderen und sein spitzes Kinn zeigt auf mich.

»Wir beide, Lina und ich, hatten einmal eine gute, eine sehr gute Beziehung. Sie war wichtig für uns beide. Gemeinsam stellten wir eine Sicht auf die Welt her, an der wir wuchsen, unseren Geist schulten. Und niemand kann es mir verübeln, dass ich versuche, diesen Zustand wiederherzustellen.«

Auch Lina hebt sich etwas in die Höhe. »Es ist sieben Jahre her und dauerte genau vier Wochen.« Sie sagt es mit geschlossenen Zähnen, um nicht zuzubeißen.

»Was war daran schlecht?«, fragt der Baron.

»Mein Geist wuchs schneller als deiner.«

»Das ist unverschämt, du weißt doch genau ...«, will der Baron entgegnen und seine Stimme ist ein Sägemesser.

»Halt«, unterbreche ich, denn mit der Floskel »du weißt doch genau« beginnen alle Morde. »Eine Frage an dich? Wie wichtig sind in deinem Leben die Beziehungen zu Frauen?«

Der Baron zieht die Stirnhaut über den Brauen zu einem Wulst zusammen. Er schluckt eine Gegenfrage hinunter, dann sagt er: »Ich habe für mich entschieden, es soll das Wichtigste in meinem Leben sein.«

»Das große Abenteuer.«

»Nein, es soll ein beständiges Lernen, sich verändern und aneinander wachsen sein.«

»Wie viel Beziehungen hattest du seit Lina?«

Er wiegt den Kopf, schrumpft. »Eine halbe.«

»Und du Lina?«

»Ich weiß nicht genau. Nur die Männer?«

»Frauen auch?«, frage ich.

Sie nickt. »Alle zusammen fünf oder sechs. Im Moment zwei, vielleicht bald drei.«

Der Baron saugt Luft an, wendet sich zu mir, hebt seine Hände zu zwei Harken in die Höhe. »Das ist doch nicht normal.« Seine Handflächen wollen die Flut ihrer Beziehungen aufhalten. »Sie ist ewig auf der Suche. Und weißt du warum?« Die Hände zwei leere Schüsseln, die er mir entgegenstreckt. »Weil sie den idealen Partner schon gehabt hat. Sie hat ihn weggeschickt, jetzt ist sie gezwungen, diese Tat zu rechtfertigen. Sie muss einen Mann finden, der ein besserer Partner ist!« Die Hände fallen herab. »Aussichtslos!«

Lina grinst mit zusammengepressten Lippen.

»Es sieht aus, als wärst du in Lebensgefahr«, sage ich zu ihr.

17

Männer in Unterhosen

»Musst du nicht Unterhosen kaufen?«, fragt der Baron.

»Ja, gute Idee«, bestätigt Lina. »Geh Unterhosen kaufen und komm in zwanzig Minuten zurück.«

»Ihr wollt eure schmutzige Wäsche ohne Zeugen waschen. Gut, ich gehe. Wenn ich zurückkomme, wische ich dann das Blut auf.«

Als wenn ich das in der Realität könnte!

Ich marschiere durch das Karlstor die Einkaufsstraße entlang, bis ich ein Geschäft finde, das mir geeignet erscheint.

Hier wird man selbst beim Kauf von Unterwäsche noch bedient. Der Verkäufer will sofort wissen, ob ich eine bestimmte Passform bevorzuge, ob ich Baumwolle oder Synthetik liebe. Da ich sonst im Kaufhaus die Unterhosen selbst von der Stange oder aus dem Regal nehme, wie sie kommen, weiß ich keine Antwort.

»Ich will«, sage ich, »auch in einer Unterhose eine gute Figur machen.«

Er betrachtet mich von oben bis unten, als stünde ich in der Unterhose vor ihm. »Männer in Unterhosen«, sagt er und zieht die Worte lang. Ich weiß schon, was kommt: Eine Unterhose macht aus einem Bierbauch keine Muskeln.

Das Klingeln meines Telefons rettet mich. Ich halte es, Entschuldigung lächelnd, in die Höhe und gehe damit vor die Tür.

»Herbert Untat«, meldet sich eine Männerstimme. »Ich bin Privatdetektiv in Berlin.«

»Muss ich Sie kennen?«

»Ich hatte einen Auftrag, und weil sie ja so eine Art Kollege sind, will ich Sie davon unterrichten. Ich hatte seit vierzehn Tagen die Aufgabe, Sie zu beobachten.«

»Warum?«

»Der Auftrag wurde gestern beendet.«

»Gestern, als ich Berlin verließ? Wer ist der Auftraggeber?«

»Das werde ich Ihnen natürlich nicht sagen. Und ich werde auch abstreiten, mit Ihnen je gesprochen zu haben.«

»Und dieses Telefon sprengt sich innerhalb von acht Sekunden in Luft.«

»So ungefähr.« Er legt auf.

Ich gehe zurück in das Geschäft. Der Verkäufer empfängt mich mit einer Art Stringtanga, der mit seinen Klammerfingern an der Leine seines Grinsens hängt.

Ich drücke bei meinem Telefon auf Anruferliste. Unbekannter Anrufer. Ich wähle die Auskunft und frage nach einem Herbert Untat in Berlin. Es gibt ihn nicht.

Der Verkäufer zieht eine Ganzkörper-Unterwäsche wie ein Vorhang bis zu seiner Nase in die Höhe. »Verhüllt am meisten.«

Ich schüttle den Kopf.

»Boxershorts?«

»Haben Sie welche mit auf Besen reitenden Hexen?«

»Nein, aber wir bedrucken die Shorts nach Ihren Wünschen. Am beliebtesten ist die eigene Telefonnummer.«

Ich hebe noch einmal mein Telefon in die Höhe. »Komme gleich wieder.«

Draußen vor dem Laden wähle ich Sabines Nummer in Berlin. Sie ist sofort dran. »Wo bist du?«, fragt sie.

»In München. Ich musste mich schnell entscheiden, einen bestimmen Fall nachzugehen.«

Sie schweigt, wartet darauf, dass ich etwas sage. Ich sehe sie genau vor mir, sie telefoniert immer im Stehen, das Telefon unter das dünnen Haar geschoben, mit leicht vorgebeugtem Oberkörper, steifen Beinen. Sie geht ein paar Schritte vor und zurück mit diesem Gang eines Schafes. Und plötzlich sehe ich, dass ihr Haar nicht mehr rot gefärbt ist. Es ist wieder weiß. Wenn Sie jetzt »Mäh« sagt, sitze ich im nächsten Flugzeug nach Berlin. Aber sie schweigt weiter.

»Du hast wieder weißes Haar?«

»Woher weißt du das?«

»Es ist aus zwischen uns, nicht wahr?«

»Wenn du es sagst.«

»Hätte ich noch eine Chance? Ich komme auch sofort zurück.«

»Ich denke, es ist gut, dass du in München bist.«

»Und wenn ich nach Berlin zurückkomme?«

»Ruf mich an, wenn du wieder da bist.«

»Ich wurde in den letzten Tagen von einem Privatdetektiv überwacht, weißt du was davon?«

»Du glaubst doch nicht, dass ich ...« Sie bläst die Luft heraus, lässt die Lippen vibrieren. Kein Schaf, ein Pferd.

Ich verabschiede mich und gehe zurück in den Laden. Auf einem Tresen liegen alle Modelle an Unterhosen. Ich entscheide mich für die mit leichtem Beinansatz. Der Verkäufer ist zufrieden. Ich nehme sieben Stück, dann noch sieben Paar Socken, sieben T-Shirts. Alles schwarz.

»In sieben Tagen komme ich wieder.«

»Dann vielleicht mal in Rot, um sie unterscheiden zu können?«

Weiß. Woher wusste ich, dass Sabine weißes Haar hat? Verändert sich mit der Haarfarbe auch die Stimme?

Ich versuche, mir ein Bild davon zu machen, wie Lina und der Baron im Café sitzen. Aber in meiner Vorstellung ist Lina allein, und sie hat mein Stück Schwarzwälder Kirschtorte gegessen. Ich gehe zurück, steige die Treppe hinauf. Es stimmt.

Sie ist allein und steckt sich gerade die Kuchengabel in den Mund.

Mein Teller ist leer.

18
Der Frauenwerfer

»Wittelsbacher Brücke.«

Der Taxifahrer prüft uns über den Rückspiegel. Dann dreht er sich um, zeigt uns ein Gesicht aus Bimsstein.

»Und wo da genau?«, fragt er.

Niemand gibt einem Taxifahrer die Adresse einer Brücke, es sei denn er will hinunterspringen, denke ich. Ich sehe Lina an. Wir beide Hand in Hand. Ein Doppelselbstmord. Aber was soll in unserem Abschiedsbrief stehen?

»Fahren Sie schon«, sagt Lina. »Versuchen Sie, auf der Brücke irgendwo zu halten.«

»Das wird schwierig.«

Das Bimssteingesicht dreht sich in Fahrtrichtung und knirscht. Das Taxi rollt an, es ist alt und macht das Geräusch einer Straßenbahn. Wenn der Fahrer in einen neuen Gang schaltet, geht ein Ruck durch den Wagen.

Ich neige mich zu Lina, weil ich sie gern mal wieder küssen würde. Nach der Methode Schwarze Magie. Ich warte auf eine Kurve, die mich näher an sie presst.

»Was willst du mir zeigen?«, frage ich.

»Du willst mich küssen?«, antwortet sie.

»Ich habe zuerst gefragt.«

»Ich will zu der Stelle«, sagt sie, »an der man sie von der Brücke hinabgestürzt hat.«

»Welche jetzt?«

»Karo.«

Der Taxifahrer hält an einer roten Ampel und dreht sich um. »Reden sie von der Toten, die da angeblich runtergesprungen ist?«

»Ja, wissen Sie was davon?«, fragt Lina.

»Ich hab den Kerl sogar schon gesehen.«

»Wovon reden Sie?«, frage ich und weiß bereits, dass es jetzt keine Möglichkeit mehr gibt, Lina zu küssen. Sie schiebt als Ersatz ihre Hand in meine und macht sie ganz weich, so dass auf meinen Arm ein Kribbeln hinaufläuft als wäre es ein Tier. Ein Salamander aus rosafarbenem Gelee mit gezuckertem Rücken.

»Na, da geht doch nachts ein Wahnsinniger über die Brücken, greift sich Frauen und wirft sie über das Geländer in die Isar.« Der Taxifahrer ist begeistert.

»Den haben Sie gesehen?«

Sein Bimssteingesicht beginnt zu glühen, als sei der Bimsstein gerade erst als Lava von einem Vulkan ausgespuckt worden.

»Ja, ja«, beginnt er, muss dann aber erst noch auf den Verkehr achten. »Das war auf der Reichenbachbrücke. Andere Taxifahrer haben das auch schon beobachtet. Man denkt zuerst, dass sind Jugendliche, die Spaß machen. Es kommt ja immer mal vor, dass da jemand runterspringt. Es sind aber auch schon mal zwei dabei ertrunken. Das Wasser in der Isar ist ja oft so kalt, dass die gleich einen Herzkasper kriegen.«

Ein Wagen hupt hinter uns. Es ist schon lange grün. Das Taxi fährt wieder an.

»Wenn da wirklich einer rumläuft ... das würde doch in den Zeitungen stehen«, sage ich.

»Ich will Ihnen mal was sagen, da gibt es die Wehre in der Isar und da entsteht eine Drehung im Wasser, wenn da eine Leiche rein gerät, kommt die oft nie wieder nach oben. Die ist dann einfach weg – für immer.«

»Sie meinen, der wirft die Frauen von den Brücken und die tauchen nie wieder auf?«

»Wir haben den Kerl ja schon der Polizei gemeldet, aber die lachen nur. Wir wären auf einen Studentenscherz reingefallen.«

»Es werden also zu wenige Leichen gefunden?«

»So ist es. Und wenn, dann sagt man immer, war es eine Selbstmörderin.«

Lina sieht mich an, ihr Kopf wippt auf und ab. »Siehst du«, sagt sie.

Wir erreichen die Wittelsbacher Brücke. Der Fahrer hält auf der Höhe des Denkmals von König Otto. War das nicht der König ohne Land? Jetzt hat ihm die Witterung auch noch viele Details geraubt. Sein Pferd wirkt so schwach, das es von einem Krieger und Löwen gestützt werden muss. Der Krieger hat kein Gesicht mehr, ist vom Regen ausgewaschen. Krieger haben sowieso am besten kein Gesicht.

König Otto trug angeblich immer die griechische Tracht, nachdem er König von Griechenland geworden war, selbst nachdem ihn die Griechen aus dem Land geworfen hatten. Die Wittelsbacher, denke ich, zu denen gehört doch auch Ludwig der Zweite, der Selbstmörder. Wäre er von einer Brücke gesprungen, würde man sich nicht über seinen Tod streiten. Oder erst Recht. Auf den Sockel des Denkmals hat jemand ein Sterntalermädchen gemalt. Für Karo von Michael Moser?

»Können Sie uns in fünfzehn Minuten wieder abholen?«, frage ich den Fahrer. »Ich würde dann gern noch zu den anderen Brücken fahren. Ich schreibe darüber eine Geschichte.«

Wir steigen aus. Er nickt und fährt mit seinem Straßenbahngeräusch davon.

»Du hast dich also doch entschieden«, sagt Lina.

»Ich verspreche nichts.«

»Aber du schreibst …«

»Ja.« Ich halte sie fest, will endlich einen Kuss. Sie gewährt nur einen der Weißen Magie.

»Kann ich es lesen?«

»Nein«, sage ich und denke, vielleicht versucht sie, das Nein mit einem Kuss der Schwarzen Magie in ein Ja zu verwandeln.

Aber sie senkt den Kopf wie ein kleines Mädchen. »Ich weiß, was du willst.«

»Wieso weißt du das immer?«

»Ich lese es in deinem Gesicht.« Sie macht sich los, geht zur Brüstung. »Hier standen ihre Schuhe«, sagt sie. »Es gibt ein Polizeifoto davon.«

Ich beuge mich über das Geländer. Unten rund um den Brückenpfeiler ist eine Art Pflaster.

»Sie ist neben dem Wasser auf die Steine gefallen«, sagt Lina. »Sie war sofort tot.«

»Was bedeuten die Schuhe?«

Lina hebt die Schultern. Ich sehe auf ihre Füße. Bis über die Knöchel geschnürte grüne Leinenschuhe. Die würde ich ihr gern mal ausziehen.

Sie sieht mich an, lächelt. Sie weiß schon wieder, was ich will. Ich glaube, ich werde demnächst eine Maske tragen, wenn ich mich mit ihr treffe. Nein, ich finde es gut, dass sie mich durchschaut.

»Geduld«, sagt sie. »Wir sind auf Mörderjagd.«

19

Ein richtig sympathischer Mörder

Das Taxi kommt und hält auf der anderen Seite der Brücke. Wir überqueren die Straße. Meine Tüte mit der Unterwäsche und den Socken liegt noch auf dem Sitz. Lina greift sie sich und schaut hinein. Dann schnuppert sie an mir. »Du musst mal wechseln, was?«

Ich gebe ihr einen Kuss auf die Wange. »Meinst du, ich kann es wagen, mich hier auf dem Rücksitz umzuziehen?«

Sie lacht und schüttelt den Kopf. Ich nähere mich für einen Kuss. Ein Stück einer kleinen Katzenzunge liegt auf ihren Lippen.

»Die anderen Brücken machen wir später«, sagt sie.

Sie gibt dem Fahrer die Adresse der Werkstatt in der Türkenstraße.

»Ich weiß Bescheid, Sie haben diesen Hexen-Laden. Ich hab sie früher öfter gefahren.«

Wir fahren an der Isar lang und plötzlich sagt er: »Ich könnte ja mal gucken, ob ich Karl finde, der hat ihn mal gefahren. Und der schreibt auch Krimis.«

»Wen?«

»Den Frauenwerfer. Und Karl steht meistens am Taxiplatz gleich am Anfang der Maximilianstraße.« Er wartet nicht auf unser Einverständnis sondern biegt ab. Eine Gruppe verschleierter Araberinnen steht auf dem Fußweg.

»Vielleicht die richtige Kleidung, die Brücke sicher zu überqueren« sage ich.

»Es kommen immer mehr nach München«, sagt der Fahrer.

Drei Taxen warten, ihre Fahrer lehnen an einem der Wagen. Ihre Hosen und Hemden ziehen Falten, als wären sie nass von einem Sprung in die Isar. »Der mit der Nase ist Karl.«

Bimsstein parkt neben den dreien. Wir steigen aus, und er stellt mich als Journalisten vor. Karls Gesicht ist vor allem Nase. In der Breite und als Vorsprung. Auch die beiden anderen wollen von dem Mann erzählen, der die Frauen von den Brücken wirft. Während Karl berichtet, treten sie in kleinen Schritten vor und zurück, als hätten sie Harndrang.

Karl hatte einen Mann am Sendlinger Tor aufgenommen, der nach Bogenhausen wollte. Ein Kerl mit wirrem schwarzem Haar, der habe ihm die Strecke genau vorgegeben.

»Als wenn ich es nicht besser wüsste, wollte der unbedingt über die Reichenbachbrücke fahren. Ich sag ihm noch, das ist doch ein Umweg. Aber er sagt nur, ich solle da lang fahren und zwar langsam. Und dann merke ich, dass der jemanden sucht. Und als wir auf der Brücke sind, reicht er mir plötzlich Geld rüber und sagt, er steige hier aus. Naja, ist mir ja egal, was einer will. Ich fahre weiter und sehe im Rückspiegel, wie der auf jemanden zugeht, den packt und über das Brückengeländer wirft. Ich denke noch, halte ich jetzt an, aber da waren ja noch andere Leute auf der Brücke.«

»Und war das ein Mann, den er runter geworfen hat?«

»Ich glaube schon, aber vielleicht war es auch eine Frau.«

»Ich habe den mal nachts gesehen«, meldet sich jetzt der nächste Taxifahrer. »Corneliusbrücke. Zuerst dachte ich, der schmeißt seinen Müll in die Isar, aber das war eine Frau. Doch, da bin ich ziemlich sicher. Kein Müllsack, eine kleine Frau in einem blauen Kleid.«

»Die Brücke beim Englischen Garten«, sagt der dritte Fahrer, »da ist das doch schon mehrfach passiert. Immer nachts.«

»Max-Joseph-Brücke?«, fragt Bimsstein.

»Genau da. Und unter der Ludwigsbrücke, da hat die Polizei auch schon mal jemanden rausgefischt.« Beim Sprechen bewegt er sich wie ein Boxer, der sich vor dem Kampf lockern will. Ich trete einen halben Schritt zurück, um aus der Reichweite seiner Fäuste zu gelangen.

»Und einmal fuhr ich ein junges Mädchen nach Schwabing. Ich habe die erst nicht mitnehmen wollen, die versaut mir ja den Wagen. Die war total nass und sagte, jemand habe sie in die Isar geworfen. Dann habe ich sie auf eine Wolldecke gesetzt und sie hat gezittert, dass die Zähne aufeinanderschlugen – die ganze Fahrt. Ich habe gedacht, mich geht's ja nichts an, wenn sie hätte zur Polizei wollen, hätte ich sie da auch hingefahren. Aber die Sauerei in meinem Auto hätten Sie mal sehen soll. Die hat ja noch getropft.«

»Gibt es denn im Sommer viele, die da zum Baden runterspringen?«

»Freiwillig? Ist doch viel zu gefährlich. Oft ist das Wasser nicht tief genug. Ich würde das nicht machen.«

»Meine Idee ist ja«, sagt Karl, »dass da einer anfangs nur auf dem Oktoberfest die Mädchen umbringt. Die findet man immer mit aufgeschlitzten Bäuchen, weil der Perverse das von denen getrunkene Bier noch mal trinkt. Aber das kommt eben erst ganz zum Schluss raus.«

»Was ist das jetzt?«, frage ich.

»Na, das ist der Krimi, den ich schreibe. Wie finden Sie die Idee? Ist so gut wie fertig, na ja fast. Wenn der rauskommt, dann ist Schluss mit dem Taxi. Dann sitze ich hinten. Denn dann kommt eine Fortsetzung nach der anderen. Der Mörder entkommt immer wieder und der Kommissar jagt ihn durch alle Wirtshäuser Bayerns. Jedes Wirtshaus, das in dem Buch genannt werden will, muss dafür natürlich bezahlen. So muss man das machen. Doppelt kassieren.«

Ein großer Mann mit Aktenkoffer überquert die Straße, winkt und ruft. »Ich brauche ein Taxi zur Messe«.

Karl hebt die Hand. Dann sagt er zu mir: »Das ist er!«

»Wer?«

»Mein Mörder. Genauso muss der aussehen. Im Film will ich aber George Clooney für die Rolle, weil der muss richtig sympathisch sein.«

Wir warten noch und sehen zu, wie Karl mit seinem Mörder davonfährt.

»Ich glaube ja«, sagt der Boxer und rollt die Schultern, »der Mörder ist ein Taxifahrer.«

»Wie kommen Sie darauf?«

»Der taucht auf Brücken auf, ist schnell wieder weg. Und wenn ein Taxi irgendwo parkt, wo man nicht darf, regt sich keiner auf. Ist nichts Besonderes. Taxis sind einfach unverdächtig. Wenn ich so ein Mörder wäre, wäre ich Taxifahrer.« Er hebt die Fäuste, nimmt Kampfposition ein.

»Idiot«, sagt der andere Fahrer, »die Taxifahrer sind doch diejenigen, die immer umgebracht werden. 300 bis 400 werden jedes Jahr überfallen.«

Der Boxer lässt seine Fäuste zweimal in die Luft fliegen. »Eben, sag ich doch, die sind total unverdächtig.«

20

Was werden die Pflanzen sagen?

Bimsstein hält vor der Toreinfahrt. Im Hof flimmert die Luft. Lina bezahlt und lässt sich eine Rechnung geben. Ich steige schon aus und gehe auf den Torweg zu. Er ist eine Grenze. Ab hier beginnt das Reiche der Hexe. In dem Durchgang sinkt die Temperatur. An seinem Ende flimmert die Luft, dort muss es heiß sein. Gelbe Schwebstoffe. Der Hinterhof ist nicht mehr das Ende der Welt. Er ist der Sommer voller gelber und roter Blüten. Die Pflanzen räkeln sich in der warmen Luft. Efeu klettert die Häuser hinauf, rahmt die Fenster. Es duftet nach Margeriten. Magie. Ich drehe mich um. Sehe Lina noch auf der anderen Seite im Licht, ihr Haar fast blond. Im Torweg verwandelt sie sich, wird schwarz, kommt mit leuchtend braunem Haar heraus.

»Es ist ein Versuch, mich zu verzaubern, nicht wahr?«, frage ich.

Sie nickt, nimmt mich in den Arm.

»Was passiert hier mit der Luft?« Ich streiche mit dem Finger an der Fassade entlang. Auf den Unebenheiten des Fassadenanstriches hat sich Staub abgesetzt.

»Es ist der Staub der Jahrhunderte. Ich bringe ihn mit.«

Sie zieht mich am Schaufenster ihres Ladens vorbei. »Das kannst du dir später ansehen.«

Aber die Ladentür öffnet sich, der große Blonde, der sie am Bahnhof abgeholt hat, kommt heraus. Er schließt sein Jackett, zieht es glatt. Dann hält er Lina mit beiden Händen an der

Schulter fest, als wolle er sie woanders hinstellen und gibt ihr links und rechts einen angedeuteten Kuss. Ein Begrüßungsautomat.

»Wenn es dir recht ist, wollte ich jetzt gehen«, sagt er

»Okay, schließ ab«, sagt sie, dann stellt sie mich vor.

»Händel? Wirklich Händel, wie Brahms?« Er winkelt den Arm an und fährt eine Hand nach vorn. »Olaf Germer.«

»Ohne Olaf würde ich im Chaos versinken«, erklärt Lina.

»Sie haben da was«, sagt Olaf und nimmt ein Fädchen von meiner Schulter.

»Das meine ich«, lachte Lina. »Er ist ein Ordnungsfanatiker.«

»Finden Sie das so schlimm?«, fragt Olaf.

Ich schüttle den Kopf. »Nein, Ordnungsliebhaber glauben immer, sie löschen alle Spuren, dabei ist Ordnung die stärkste Spur, die man hinterlassen kann.« Unterricht in Verwirrung. Er reibt sich am Kopf, dann zupft er an den emporstehenden Strähnen. Er will mit dieser Geste aus einem alten Film mit Stan Laurel und Oliver Hardy den Ordnungsfanatiker abschwächen.

»Außerdem ist Olaf der einzige, der wirklich an Magie glaubt«, sagt Lina.

Olaf hebt die Brauen, winkt uns und geht in den Laden zurück.

Lina zieht mich die eiserne Treppe hinauf. Das Metall gibt ein leises Wimmern von sich. Auf halber Höhe bleibt sie stehen und küsst mich.

»Schwarze Magie?«

»Damit du mir nicht auf den letzten Metern davonläufst.«

»Wer ist Olaf Germer?«

Sie lacht. »Schwul.« Dann erklärt sie, er sei Erbe eines halben Brauereiimperiums. Seine Eltern haben den Kontakt abgebrochen, weil er mit einem Mann zusammenlebt.

»Er ist einer meiner verlässlichsten Freunde. Wann immer ich ihn brauche, ist er da. Er schneidet mir sogar die Haare.«

Ihre Wohnung liegt über dem Laden und war wahrscheinlich mal eine Werkstatt. Sie öffnet die Hälfte einer Doppeltür und schiebt mich hinein. Ein Urwald streckt sich mir entgegen. Blätter wollen mein Gesicht berühren. Alles ist voller großer Blatt- und Schilfpflanzen, Palmen, Linden, Gummibäume, Eichen und andere, die ich noch nie gesehen habe. Viele Büsche, manche blühend. Einige werden von der Decke mit Tageslichtlampen angestrahlt. Feuchtigkeit hängt in der Luft wie nach einem Sommerregen.

»Wo sind wir?«

»Tief im Wald und allein.« Sie umarmt mich. »Komm, wir suchen uns einen Platz auf einem Moosbett.«

Wir gehen an offenen Zimmertüren vorbei. Die Wohnung ist groß – fünf vielleicht sechs Räume, alle sind dicht mit Pflanzen gefüllt. Es gibt Lichtungen für Sofa, Sessel, Tische und Schränke. Nur in der Küche steht keine einzige Pflanze.

»Warum nicht auch hier?«

»Ich nehme Rücksicht auf ihre Gefühle«, erklärt sie. »Ich bereite hier sehr viel Gemüse zu. Das müssen sie ja nicht sehen.«

»Verstehe, die haben Augen.«

»Die spüren das.«

Wir betreten das Schlafzimmer. Ein Bett im Urwald. Lina betrachtet die Unterhosen aus meiner Einkaufstüte. »Es sind alles dieselben Modelle.«

»Ich bin ein alter Mann mit starren Gewohnheiten.«

»Willst du duschen?«, fragt sie und zeigt mir das Badezimmer. Es ist ebenfalls ein Gewächshaus. Dann breitet sie meine neuen Sachen auf dem Bett aus und macht sich schon an meinen Hosenknöpfen zu schaffen.

»Was werden die Pflanzen sagen?«, frage ich. Als Antwort küsst sie mich und ich spüre ihre Hände auf meinem Bauch und von dort in meine Hose rutschen. Ein kleiner Baum tippt mich mit einem seiner großen Blätter auf der Schulter an. Er hat etwas dagegen, dass ich an Linas Nase knabbere und sie auf die Augenlider küsse.

»Nicht meine Ohren anfassen«, sagt sie.

»Das Schöne ist«, sage ich, »dass ich eines deiner Ohren bei mir zu Hause habe.«

»Ich weiß. Solange es in deinem Besitz ist, musst du tun, was ich will. Und sieh dich vor, ich höre alles, was du sagst, mit wem du sprichst.«

»Das glaube ich dir sogar.«

Sie zieht ihr T-Shirt über den Kopf und hängt es einem Busch über die Augen.

21
Mörder sind Magier

Draußen ist es dunkel. Wir haben kein Licht gemacht. Sie liegt nackt auf dem Bauch, auf der Sahne des weißen Lakens unter ihr. Ihr Körper kommt mir vor wie etwas Essbares. Ihre Haut ist dunkler als die anderer Menschen. Ich lecke an ihrer Schulter, sie schmeckt süß. Karamell.

Vielleicht badet sie in Karamellsoße, die auch ihr Haar zum Leuchten bringt. Aber vielleicht ist alles Illusion. Ich schließe die Augen und fahre mit den Fingerkuppen ihr Rückgrat entlang. Keine Veränderung. Sie hat sich nicht in eine alte Frau mit einer Warze auf der Nase verwandelt.

Sie kichert, sie weiß, dass ich an das Bild einer Hexe aus dem Märchenbuch denke.

Ich öffne die Augen wieder und sehe in ihre. Bernstein. Ich sehe sie vor tausenden von Jahren nackt durch den Wald wandern. Die Raubtiere beobachten sie, doch das Sonnenlicht bildet die Blätter der Bäume auf ihrer Haut ab, das Schattenwerk wird ihr Tarnkleid. Ich Raubtier reibe mir die Augen. Sie löst das Harz von den Bäumen, sucht in den Vogelnestern nach den verlorenen Federn. Schon damals hatte sie den kleinen Stoffbeutel in den Indianerfarben dabei. Sie sammelt darin Kräuter, farbige Steine und kleine Knochen.

»Wer bist du?«, frage ich, um den Zauber zu brechen.

»Ich bin, was immer du in mir sehen willst. Du bist es, der mich verwandelt.«

»Wie geht das. Ich kann nicht zaubern.«

»Ich bin eine Hexe. Ich gebe dir die Kraft.«

»Ist nichts real?«

»Nichts. Und gerade jetzt bist du einem magischen Augenblick verfallen.«

Ich lege mich auf den Rücken und betrachte den Blätterwald über mir. »Es stimmt.«

Sie zieht mit dem Fingernagel eine Linie von meiner Brust bis über den Bauch. »Jetzt bist du wieder in der Wirklichkeit.«

»Mörder glauben auch an Magie.«

»Ist Mord Magie?«

»Ja, der Rückfall in eine Zeit, als noch nicht Technik und Wissenschaft unser Leben bestimmten. Wie kann ein Mensch sonst einen anderen ermorden und glauben, damit wäre etwas in Ordnung, ins Gleichgewicht gebracht. Aber natürlich funktioniert Magie nicht.«

Sie kommt hoch, stützt sich auf die Ellbogen. »Und der Mann auf den Brücken, was ist mit dem? Der wirft wahllos Frauen in die Isar. Glaubt der, ein Magier zu sein?«

»Wahllos? Mindestens drei waren deine Freundinnen.«

»Aber die erste, Viola, ist im Winter von der Maximilianbrücke gesprungen. Allein. Es gab Zeugen.«

»Wo warst du zu der Zeit?«

»In Süditalien. Ich wollte ein Haus am Meer kaufen. Ich hatte Viola den Laden anvertraut. Sie hatte mir schon immer geholfen. Ich wusste, sie war depressiv. Ich dachte, die Aufgabe, den Laden zu führen, hilft ihr.«

»Und die zweite?«

»Marie. Sie hatte keine Depressionen. Wenn ich verreise, brauche ich immer jemanden, der den Laden führt. Zwar macht Olaf fast die Hälfte aller Schichten, wenn er kann. Er ist Fotomodell. Aber ich finde, es braucht eine Frau für ein solches Sortiment. Bei Marie war ich von Anfang an sicher, sie würde mit ihrem Vergnügen an der Arbeit sogar den Umsatz steigern.

Ich fuhr nach Spanien. Ich suchte dort nach einem Häuschen, wollte eventuell dortbleiben. Ich hatte mich gerade entschlossen, selbst zu bauen und dafür schon ein Grundstück gekauft. Da wurde sie nachts von der Ludwigsbrücke geworfen.«

»Das ist die am Deutschen Museum?«

»Ja. Dort war das Wasser flach. Da springt man nicht.«

»Sie ist nicht ertrunken?«

»Nein, sie brach sich das Genick.«

»Und zuletzt Karo.«

»Bei ihr gab es nicht die geringsten Anzeichen, dass sie sich was antun könnte.«

»Vielleicht funktioniert eines deiner Hexenobjekte, ohne dass du es weißt?«

»Aber das ist alles Humbug.«

Ich strecke meine Hand nach dem Zweig eines Baumes aus, der sich über mich neigt. »Was machst du mit den Pflanzen?«

»Ich züchte sie.«

»Drogen?«

Lina lacht, kommt über mich und küsst mich. »Ich lebe einfach gern im Grünen. Ich habe immer das Gefühl, ich gehöre nicht in eine Stadt.«

»Wie war es mit Marie und Karo? Glaubten die an Magie?«

»Vielleicht ein kleines bisschen, wie es jeder manchmal gern tut.«

»Vielleicht veränderte die Arbeit das Bewusstsein der Mädchen.«

In diesem Augenblick splittert eine Glasscheibe wie von einem Blitzschlag getroffen. Donner rollt über den Fußboden.

Wir springen auf. In der Küche ist eine der Fensterscheiben kaputt. Zwischen den Scherben liegt ein großer Kieselstein. Ich wage mich bis zum Fenster vor, sehe von der Seite vorsichtig in den dunklen Hof hinab. Ich erwarte einen zweiten Stein. Aber es ist niemand zu sehen.

Lina hebt die Schultern. »Das kommt vor«, sagt sie. »Einmal vor Jahren wurde mir die Schaufensterscheibe eingeworfen. Ich bin eine Hexe. Magie funktioniert manchmal anders als man denkt.«

»Es ist der Einbruch der Realität«, sage ich. »Die Vertreibung aus dem Paradies.«

Wir sehen uns an. Wir sind nackt.

22
Mal Elefant, mal Pony mit Höckern

»Die Überwachungskamera«, sagt Lina. »Es ist eine im Laden! Sie muss es aufgezeichnet haben.«

Wir ziehen uns an und gehen hinunter. Im Laden ist so dunkel, dass ich eine aus Felsstein gemauerte Höhle vermute. Doch als Lina das Licht einschaltet, erkenne ich ein einziges klares Ordnungssystem. Nichts, dass an eine Hexenhöhle erinnert. Raumhohe dunkle Holzregale, die oben und unten in Schränke auslaufen. Auf den schrägen Regalbrettern ist nebeneinander jeweils nur ein Produkt ausgestellt mit einer ausführlichen Erklärung dazu. Ein Laden für technische Neuheiten oder ein Museum könnte genauso ausgestattet sein.

»Ich weiß gar nicht, wie das geht«, sagt Lina. »Wir haben die Aufnahmen der Kamera noch nie abgespielt.«

Während Lina die Betriebsanleitung des Recorders im Hinterzimmer sucht, betrachte ich das Sortiment. Glaskugeln zum Hellsehen, Tarot-Karten, Voodoo-Puppen, Pendel, gerahmte Zaubersprüche, Hausgeister, Wünschelruten, Ketten und Anhänger mit bestimmten Wirkungen, zum Beispiel zur Abwehr des Bösen Blicks. Magische Steine in vielen Farben und Größen, Empfänger für Anrufe aus dem Jenseits und Objekte für Gedankenübertragung. Bücher über Hexen und Magie. Salben, Pulver, Tropfen für magische Handlungen in unterschiedlichen Glasverpackungen.

»Das meiste mache ich selbst«, ruft Lina und winkt mir zu kommen. Der hintere Raum ist eine kleine Werkstatt, in der die gleiche Ordnung herrscht wie im Laden. Alles hat seinen Platz und ist an seinem Platz. Auf einem Bildschirm das Standbild der Videokamera.

»Man sieht nicht viel. Die Kamera ist von der Decke des Geschäfts auf die Ladentür gerichtet und zeigt nur einen kleinen Teil des Schaufensters.«

Lina lässt die Aufnahme ablaufen. Ein Arm, ein Bein mit Schuh, ein halber Körper ohne Kopf im Anzug. Ein Mann. Mehr lässt sich kaum sagen.

»Die Hälfte der Bevölkerung können wir schon mal ausschließen.« Lena grinst. Der Angriff scheint ihr nicht viel auszumachen.

»Ein geringes Risiko«, sagt sie. »Manche Leute hätten gern wieder Hexen, um ihre unterdrückte Triebstruktur an ihnen auszuleben.«

»Bist du schon richtig angegriffen worden?«

»Nein, wie gesagt, die Schaufensterscheibe wurde einmal eingeworfen – und sie ist immer mal wieder beschmiert worden.«

»Wie weit gehen die Aufnahmen der Kamera zurück. Hast du noch Karo drauf?«

»Das Gerät fängt alle vierundzwanzig Stunden von vorn an und überspielt alles davor.«

»Letzte Nacht zwischen zwei und drei.«

Sie gibt die Uhrzeit ein und dann ahnt man mehr, als man sieht. Der Glöckner von Notre-Dame bricht vor dem Eingang zusammen. Kurz darauf kommt eine weitere Gestalt, beugt sich herab, hilft ihm hoch und sie wanken und verschmelzen zu einer Figur, die mal kleiner Elefant, mal Pony mit Höckern ist.

»Was war das?«, fragt Lina.

»Allnächtliche Magie. Der Freund von Karo wartete vor der Tür auf das Erscheinen von Karos Geist.«

»Das ist Michael?«

»Das scheint dieser Michael öfter zu machen. Ich fand ihn, tröstete ihn und brachte ihn zu seinem Wagen.«

»Du warst das! Du warst hier?«

»Du hattest mich gerufen.«

Lina hebt die Fäuste, tanzt auf der Stelle. »Es geht doch, es funktioniert!«

»Was?«

»Ich hatte dich in Gedanken gerufen.«

»Du wolltest mich schon letzte Nacht bei dir haben?«

Sie nickt.

»Warum hast du nicht mal aus dem Fenster gesehen?«

»Ich glaubte einfach selber nicht, dass es funktioniert.«

»Du glaubst wirklich nicht an die Magie?«

»Nein«, sagt Lina und schüttelt heftig den Kopf.

»Aber du probierst es immer wieder?«

»Man weiß ja nie.«

23

Was ein Mensch sich ausdenken kann, kann auch Wirklichkeit werden.

Ich schreibe die 23 für das dreiundzwanzigste Kapitel, von dem ich noch nicht weiß, was es beinhalten wird, denn alles, was ich bis gestern erlebte, ist mit Kapitel 21 beendet. Punkt. Die Überschrift mache ich erst am Schluss.

Ich blättere noch einmal zurück und die Idee, zufällig im Gespräch mit Lina geäußert, dass Mörder an Magie glauben, gefällt mir. Wir waren nackt dabei und was man nackt sagt, hat Wahrhaftigkeit.

Wenn das aber so ist, braucht man nur zu überlegen, welchen Zustand ein Mörder mit seiner Tat wiederherzustellen versucht, der ihm mit Mitteln der Realität nicht gelingt. Es scheint mehr als die übliche Motivsuche für einen Mord. Vielleicht lässt sich daraus eine Methode für die Mörderjagd entwickeln.

Der Balkon zum Innenhof ist weit geöffnet, Wärme und das Münchengeräusch dringen herein. Ein gleichmäßiges Rauschen. In Berlin wurde mehr gehupt, und es gab mehr Aufheulen von Motoren. Das Mädchen am Bahnhof fällt mir wieder ein. Sie hatte behauptet, überall könne man arbeiten, aber in München leben. Ich wünsche mir, Lina würde mich anrufen.

Das blaue Ohr! Ich habe ihm auf einem Regal einen kleinen Altar gebaut. Es steht auf einem kleinen Glasleuchter.

»Ruf mich an!«, flüstere ich in das bläuliche Plastik.

Am Schreibtisch klingelt das Telefon. Lina ist dran. Es funktioniert. Sie erzählt mir, sie hätte ein Putzmädchen für mich. Vera, eine Studentin, die schon ganz lange für sie arbeite, die Wohnung und den Laden saubermache und manchmal auch beim Verkauf und der Produktion aushelfe. Sie will sie vorbeischicken. Dann verabreden wir uns für den Abend zum Essen bei einem Italiener. Für einen Moment hatte ich überlegt, ob ich so ein banales Telefongespräch in meinem Manuskript überhaupt erwähnen soll, aber vielleicht funktioniert das mit dem Ohr ja wirklich.

»Ruf mich nochmal an«, flüstere ich ins Ohr.

Es klingelt. Wieder ist Lina dran, sie lacht, entschuldigt sich, es wäre ein Versehen, sie habe auf die Wahlwiederholung gedrückt.

Es funktioniert. Aber so etwas Ähnliches ist mir schon einmal passiert. Ich schrieb etwas auf, und es geschah tatsächlich. Es ist natürlich grundsätzlich so, dass alles, was man sich ausdenken kann, auch wirklich geschehen kann. Es liegt an den Grenzen der Fähigkeiten des menschlichen Gehirns. Etwas Unmögliches zu denken ist ihm nur schwer möglich. Alle Science-Fiction- und Fantasy-Schreiber beweisen es, wenn sie sich neue Gesellschaftsformen ausdenken, sind es doch immer die alten.

Ich mache einen Test. Ich denke an den Baron. Er fährt mit seinem Auto durch Schwabing. Ich lenke ihn in die Theresienstraße und mache in Gedanken einen Parkplatz vor meinem Haus frei. Jetzt lasse ich ihn einparken. Und nun steigt er aus. Die Haustür ist nicht abgeschlossen. Er läuft so schnell er kann die Treppen hinauf und klingelt bei mir.

Nichts passiert.

Ich bin froh, dass nichts passiert. Denn wenn er jetzt klingeln würde, könnte das bedeuten, dass nichts real ist. Alles geschieht nur, weil ich es will. Oder ich verfüge über Fähigkeiten eines Hellsehers. Das, glaube ich, ist allerdings manchmal wahr. Wenn ich ein ungelöstes Verbrechen recherchiere und es gleichzeitig als Roman verarbeite, stoße ich beim Schreiben immer auf die Lösung, auf den Täter. Allerdings könnte das auch an der Form des Nachdenkens beim Schreiben liegen. Ich tue ja nichts anderes als ein Polizist, der sich intensiv mit der Tat beschäftigt und sie rekonstruiert.

In diesem Moment klingelt es. Ich gehe zur Tür. Der Baron steht auf meiner Fußmatte.

»Ich fand einen Parkplatz vor deinem Haus, das gab's noch nie.« Zwischen jedem Wort muss er neu Luft holen. »Bin wieder zu schnell die Treppen rauf.«

24
Dummköpfe unter den Autoren

Es gibt Menschen, deren Lebenselement ist die Empörung. Der Baron gehört dazu. Die Empörung ist ihm ins Gesicht geschrieben, würde ich sagen, aber diese Formulierung ist eine der leeren Metaphern, die schon zur Floskel geworden sind. Was soll man von Autoren halten, die tausendmal benutzte Metaphern noch einmal verwenden? Ein skandinavischer Krimiautor, dessen Bücher gerade stapelweise in den Buchhandlungen liegen, verwendete zum Beispiel auf den ersten Seiten das Bild des zur Salzsäule erstarrten Menschen. Ich habe das Buch sofort fallen lassen. Solche Autoren disqualifizieren sich selbst.

Die zur Phrase gewordenen Metaphern geben entweder kein Bild ab oder das falsche. Der Autor aber soll beim Leser Bilder erzeugen. Die Einschränkung, bestimmte sprachliche Mittel nicht zu benutzen, fordert heraus, genauer hinzusehen, seine Beobachtung zu präzisieren, vielleicht neue Metaphern zu finden.

Bei der Empörung öffnet sich der Mund des Barons, es graben sich fast parallel zur Nase tiefe Falten ins Gesicht. Ein englischer Bluthund. Wie diese sind die Empörer sehr gutmütig. Denn aus ihrer Empörung resultieren nie Taten. Gleichzeitig heben sich beim Baron die Stirnfalten, aber nur in der Mitte über der Nase, sodass sie die Kontur von drei übereinanderliegenden Herrenhüten abgeben.

»Zur Verkehrsberuhigung sollte die Stadt endlich alle Verkehrsregelungen aufheben, alle Schilder entfernen. Zur Verkehrsberuhigung das Auto als Verkehrshindernis einsetzen«, knurrt er.

»Was ist das jetzt für eine Idee?«, frage ich.

»Ich kriege jede Woche ein Ticket fürs Falschparken! Und dabei geht es gar nicht mehr um die Verkehrsübertretung, sondern die Stadt hat diese Einnahmen fest eingeplant«, sagt er mit erhobener Stimme und begleitet jedes der letzten Wörter mit einem Handkantenschlag in die Luft.

Ich belle ihn an. Er grinst, merkt, was er gerade tut. Und mit einem »Ist doch wahr!« schleicht er sich aus seiner Empörung. Dann will er lesen, was ich gerade auf dem Laptop schreibe, schnell klappe ich ihn zu.

Er hat doch noch etwas mitgekriegt. »Du schreibst über mich! Ich werde dich verklagen. Alle wollen mich fertig machen. Erst Lina, die Redaktion, diese ganze Stadt und jetzt du!«

Bevor er sich an der Zimmerdecke den Kopf stößt, ziehe ich an ihm, bis er in einen Sessel niedersinkt. Seine Arme fallen über die Lehnen herab. »Was macht diese Frau aus mir«, sagt er, bläst gleichzeitig die Luft aus, ohne neue zu holen und kneift die Augen zusammen, als würde ein Wurm durch seine Därme ziehen.

»Warum hast du das Café verlassen?«

»Sie hat mich weggeschickt wie einen Hund«, sagt er mit der Stimme eines Sterbenden.

»Und du machst alles, was sie sagt?«

»Natürlich. Sie hat mir dafür einen Spaziergang am Sonntag im Englischen Garten versprochen.« Sein Körper hat alle Knochen verloren. »Aber ich glaube nicht daran.«

Ich erzähle ihm von unserer Brückenbegehung und den Vermutungen und den Aussagen der Taxifahrer. Dass ich mit Lina geschlafen habe, verrate ich lieber nicht. Der Baron verwandelt sich, seine Muskeln spannen sich an und er beginnt, auf seinen

Fingernägeln zu kauen. Dann murmelt er: »Ein Mörder auf den Isarbrücken! Ich wusste, da ist was, dass die Polizei den Medien verheimlicht. Die haben Angst vor der Boulevardpresse, davor, dass die Frauen in Panik geraten.«

»Du meinst, es ist wahr?«

Er nickt. »Ich muss alle Polizeiberichte durchgehen. Ich brauche jeden Leichenfund in der Isar. In München und außerhalb. Wie weit werden die abgetrieben?« Er greift zum Telefon.

»Häschen«, höre ich ihn sagen, »du musst was für mich tun.« Er gibt einen entsprechenden Auftrag durch und legt auf.

»Häschen?«, frage ich.

»Eine Volontärin.«

»Häschen?«

»Ja, schon gut, ich hab einmal mit ihr geschlafen. Sie ist die halbe Beziehung, von der ich sprach.« Er lässt sich wieder in den Sessel zurückfallen. Beginnt, seinen Rücken an der Lehne zu reiben, dann fährt er sich mit den Fingernägeln auf den Unterarmen entlang, rote Streifen hinterlassend, schließlich springt er auf. »Ich muss in die Redaktion.«

Ich sehe zur Uhr.

»Ja«, knurrt er, »es ist schon Redaktionsschluss.« Er winkt von der Tür her.

Ich sehe die Schlagzeile von übermorgen vor mir: »Wer ist das Brückenmonster?«

25

Noch nicht tot

Kaum habe ich die Szene mit dem Baron zu Ende geschrieben, klingelt es erneut. Ich melde mich über die Gegensprechanlage. »Ich bin das Putzmädchen«, singt eine Stimme.

Ich drücke den Türöffner. Der Fahrstuhl wird betätigt, kommt hoch, die Türen weichen vor einem blonden Mädchen zurück, das ihre Zähne präsentiert und mit den Zöpfen winkt.

»Vera?«

»Ja.«

»Was für ein Zufall. Wir kennen uns doch. Sie halfen mir, am Bahnhof einen Dieb zu verscheuchen.«

»Richtig, Sie sind es! Da sahen Sie ganz anders aus.«

»Wie?«

»Wie der Teufel, der die Frauen von den Brücken wirft.«

»Sie wissen davon.«

Sie nickt. »Ich arbeite für Lina.«

»Richtig. Aber, wenn ich so erschreckend wirkte, warum gingen Sie mit mir Kaffee trinken?«

»Der Bahnhof ist keine Brücke und ich dachte, es ist interessant, mit einem Mörder Kaffee zu trinken.«

»Und wie war ich?«

»Unheimlich.«

Ich lasse sie eintreten. Sie inspiziert die Wohnung. Geht von Zimmer zu Zimmer, wischt mit dem Zeigefinger über Kanten. Ich lasse sie allein und tippe schnell ihren Besuch in den Laptop. Jetzt steht sie neben mir.

»Ziemlich dreckig«, sagt sie. »Ich schlage vor ...« Sie unterbricht sich, neigt sich vor. »Sie schreiben ja, was ich gerade mache und sage!«

»Ja, mache ich immer.«

»Das ist mir unheimlich.«

Ich höre auf, wir gehen ins Wohnzimmer. Sie setzt sich, schiebt den Sessel noch etwas zurück, will offensichtlich große Distanz zwischen uns. Sie schlingt Beine umeinander und legt die Arme vor die Brust.

»Haben Sie immer noch Angst vor mir?«

»Warum schreiben Sie so etwas?«

»Sie sind Bestandteil der Geschichte, die gerade um mich herum passiert. Das mache ich immer so. Was mir wichtig erscheint, schreibe ich sofort auf. Und jetzt kommen Sie schon zum zweiten Mal vor ...«

»Aber ich bin doch nur ein zufälliges ...«

»Opfer, wollten Sie sagen, nicht wahr, lassen es aber bleiben, um nicht den Mörder in mir zu wecken. Ich bin Schriftsteller. Ich schreibe Krimis, ohne sie besonders zu mögen.«

Sie räuspert sich, richtet sich etwas auf und sagt: »Ich schlage vor, ich komme einmal in der Woche drei Stunden. Und für die erste Grundreinigung sechs Stunden.«

Ich nicke, sie nennt ihren Stundenlohn und will zusätzlich das Fahrgeld. Ich bin mit allem einverstanden.

»Ist es nicht zu viel?«, fragt sie.

»Nein.«

»Gut«, sie steht auf.

»Eine Frage noch«, sage ich. »Dieser Mörder auf den Brücken, was ist mit dem?«

»Sie sind es wirklich nicht.«

»Nein.«

»Die Mädchen, die ich von der Uni kenne, wissen es alle. Keine geht mehr nachts allein über eine Isarbrücke, Und wenn doch, dann nie an der Brüstung lang. Der Kerl schleicht sich an, packt die Frauen von hinten an den Beinen und wirft sie in die Isar. Eine von meinen Kommilitoninnen, Johanna, hat es schon getroffen. Sie konnte ans Ufer schwimmen.«

»Kann ich mit ihr reden?«

»Wirklich?«

»Ich schreibe genau über diesen Fall mein neues Buch.«

»Johanna arbeitet hier um die Ecke in einem Möbelladen als Aushilfe.« Sie nimmt ihr Telefon, spricht mit ihr, nennt sie Jo. Jo scheint nicht darüber reden zu wollen. »Du musst«, sagt Vera, dann erzählt sie ihr von mir. Ihre Stimme verändert sich, wird tiefer. »Du kommst dann in dem Buch vor«, sagt sie. Es überzeugt. Sie legt auf.

»Sie ist einverstanden. Johanna kennt Sie, hat wohl schon ein Buch von Ihnen gelesen.« Sie sieht auf die Armbanduhr. »Sie ist in zwanzig Minuten im Café Jasmin.«

Ich nicke. »Kenne ich.«

Wir gehen gemeinsam los. Das Cafe liegt an einer Ecke in der Augustenstraße. Ich kenne es noch als Oma-Kaffee mit einer Einrichtung aus den fünfziger Jahren. Eine alte Frau mit weißer Schürze bediente, und ich hatte manchmal das Gefühl, dass ich als einziger Gast störte. Jetzt haben es jüngere Leute übernommen und seinen Stil erhalten. Die Rüschengardinen und lindgrünen Plüschsessel sind noch da.

Wir sind zu früh, aber auch Veras Freundin Johanna ist schon da, hat einen kleinen Tisch freigehalten. Ich schätze sie auf Ende Zwanzig mit straff zurück gezogenem, schwarzem Haar, sodass es mir ein bisschen weh tut, weil die Haarwurzeln an den Schläfen so viel Zug aushalten müssen.

Ich sehe sie an und sie weiß nicht, wo sie hingucken soll, guckt schließlich in ihre Cappuccino-Tasse. Ihre Gestik verrät, sie will nicht alles erzählen, will etwas weglassen. Es sei schon ein Jahr her, beginnt sie dann, sie wäre nachts über die

Maximilianbrücke gegangen, weil sie die letzte Bahn verpasst hatte. Ein Mann sei ihr entgegengekommen und sie sei ziemlich sicher, dass er es gewesen sei, der sie wenig später von hinten gepackt, hochgehoben und in die Isar geworfen hätte. Er wäre mit gesenktem Kopf an ihr vorbeigegangen, hätte sie nicht angesehen. Groß sei er gewesen, zwei Meter habe der bestimmt gemessen. Seine roten Haare hätten gezüngelt. Flammen auf dem Kopf. Sie sei im Wasser gelandet, habe erst dort geschrien. Niemand habe sie gehört. Kurz vor der Staustufe wäre da eine Eisenleiter in der Ufermauer gewesen, da hätte sie sich festhalten und rausklettern können.

»Waren Sie bei der Polizei?«

»Nein. Die sagen dann, dass sei ein Studentenstreich gewesen.«

Sie kaut auf den Lippen, senkt den Kopf, sieht mich von unten an.

»Was ist?«, frage ich.

»Kann ich Sie was fragen?«

»Bitte.«

»Ich hatte immer das Gefühl, Sie denken sich diese Kriminalfälle alle aus, oder …«

»Oder was?«

»Oder Sie begehen diese Verbrechen vielleicht selbst.«

»Ich hab Sie auf jeden Fall nicht in die Isar geworfen.«

»Ich bin auch noch nicht tot.«

Sie sieht mich kurz an und lächelt, als wolle sie von mir umgebracht werden oder etwas Ähnliches.

26
Babylon

Johannas Geschichte hat ein Loch in meinem Körper hinterlassen. Als ich es aufschreibe, bemerke ich, dass es mir nicht gelingt, die meisten ihrer Aussagen als wörtliche Rede, als Dialog mit mir zu schreiben. Das geschieht selten. Und ich bedaure es ein wenig, denn wenn ich eine Unterhaltung wörtlich wiedergebe, sind natürlich alle Regeln außer Kraft, die ich mir sonst gebe. Gebrauchte Metaphern, bewertende Adjektive, alles darf benutzt werden, um jemanden mit seiner Art zu sprechen zu kennzeichnen.

Ich glaube, es lag an Johannas Art zu erzählen, als denke sie es sich gerade erst aus. Ein stockendes Sprechen, nach Formulierungen suchend. Das kann ich keinem Leser zumuten. Während sie sprach, suchte ihr Blick Halt, aber die Pupillen rutschten zur Seite, als hätte sie keine Macht über ihre Augen. Etwas stimmt nicht mit ihr. Ihr Verhalten erinnert mich an eine andere Person, an Olaf.

Ich laufe durch die Straßen der Maxvorstadt und habe das Gefühl, jemand folgt mir. Mehrmals sehe ich mich um, bleibe stehen, nutze eine Schaufensterscheibe, um die Passanten hinter mir zu beobachten.

Ich nähere mich Linas Laden. Ich weiß, sie ist nicht da, wollte zu einem Grafiker, der für sie Zaubersprüche in einer alten Handschrift schreibt und rahmt.

Ich habe ein schlechtes Gewissen, komme mir vor, als würde ich hinter ihrem Rücken etwas über sie erfahren wollen. So ist es auch.

Olaf Germer verkauft gerade an zwei Frauen einen kleinen Hausgeist aus Stein, der Schutz vor allem Bösen geben soll. Eine Art Hund mit einem kleinen Menschenkörper. Dann zeigt er ihnen noch ein Mittel gegen Aberglauben. Es ist ein bemaltes Dreieck, eine Art Auge. Man bringt es in einer der oberen Zimmerecken an und hängt darunter die Urkunde. »Anti-Superstition-Hex« von Dirk Zimmer, einem amerikanischen Künstler. Die beiden Frauen bemerken die Ironie nicht. Sie kaufen es.

»Nicht ganz fair«, sage ich, nachdem die Frauen gegangen sind.

»Das muss man anders sehen, wer offensichtlich etwas für seinen Aberglauben kauft, dem muss ich sofort ein Gegenmittel verschreiben.« Er geht nach hinten, lässt die Tür offen und wäscht sich die Hände.

»Sie glauben an die Wirkung all dieser Dinge?«, frage ich laut. Er kommt zurück mit dem Handtuch zwischen den Händen.

»Ich glaube an die Harmonie als einziges Überlebensmittel.«

»Das müssen Sie mir erklären.«

»Die Welt muss im Gleichgewicht sein. Als Krimiautor wissen sie das doch auch. Ihre Geschichten zeigen ein Verbrechen, das Böse, und sie setzen den Kommissar, das Gute, dagegen.« Er spricht ohne zu stocken, zeigt Bedarf zu reden. In Linas Nähe war er viel mehr eher eine Figur aus Stein. Obwohl es nass ist, faltet er das Handtuch zusammen, als wolle er es in den Schrank zurücklegen und bringt es nach hinten. Mit einer Teekanne und zwei Keramik-Schalen auf einem Tablett kommt er zurück. »Möchten Sie?«

»Was ist es?«

»Ein Zaubertrank natürlich, mit dem man seine niederen Instinkte im Zaum hält.« Er lächelt und zeigt mir einen Teebeutel. *Erdmännchen-Tee – gegen das Biest in dir.*

»Vermutlich eine Mischung mit leicht beruhigender Wirkung.« Er gießt mir etwas ein. Ich will die Schale zu mir auf den Tisch stellen, er stoppt mich. »Lassen Sie die Schale lieber auf dem Tablett, wegen der Tropfen.«

»Was Sie nicht wissen können«, nehme ich das Thema wieder auf, »bei meinen Krimis arbeite ich ein wenig anders. Ich entdecke eine Welt als Chaos, gebe ihr Struktur, in dem ich sie aufschreibe.«

»Die Sprache als Ordnungssystem?«

»Sicher. Und als Erkenntnissystem. Mit ihr konnte der Mensch den Dingen einen Namen geben.« Ich probiere den Tee. Kamille, Melisse und noch etwas Fruchtiges.

»Der Mensch konnte mit der Entstehung der Sprache endlich auch über das Unsichtbare sprechen. Die Sprache wurde zum Mittel der Magie.« Er deutet auf die gerahmten Sprüche.

»Und es entstand der Moment der Verwirrung durch Sprache. Babylon war weniger Symbol der Vielzahl der Sprachen als der aufeinander aufbauenden Sprachebenen. Deshalb das Bild des Turms«, behaupte ich.

Er reibt sich das Kinn. »So habe ich das noch nie gesehen. Was sagt die Wissenschaft dazu?«

Ich hebe die Schultern. »Glaubt Lina eigentlich an die Zauberkraft ihrer Produkte?«

Er ordnet die Dinge auf dem Kassentresen bis alles im rechten Winkel zueinander liegt. »In erste Linie ist es ein Geschäft. Ich denke, zuerst fragt sie sich bei jedem Ding, warum soll jemand es kaufen. Die Wirkung ist ihr zweitrangig.« Er hebt den Teebeutel. »Ein Beruhigungstee beruhigt bereits, weil man es von ihm erwartet.« Er hebt seine Schale, trinkt und hält die Handfläche darunter, wie man es bei einer tropfenden Tasse tun würde.

»Seit wann kennen Sie Lina?«

»Oh, schon lange. Dieses ganze System des Ladens geht auf mich zurück. Ich habe es entworfen. Ich war von Anfang an der Meinung, dass Magie kein Chaos braucht, sondern Ordnung.«

»Kannten Sie die beiden Mädchen, die sich umgebracht haben?«

»Drei. Zuletzt Karo, davor Marie und die Erste war Viola. Ich kannte sie alle.« Er blickt mich nicht an, sondern schaut in seine Teeschale.

»Aber ...?«

»Nun, ich mochte die Mädchen. Und ich denke, wenn Lina hiergeblieben wäre, wäre alles nicht geschehen. Und sie wären noch am Leben.«

»Wie kommen Sie darauf?«

»Lina setzte immer eines der Mädchen als Geschäftsführerin ein, mit der Absicht, sie solle später den Laden ganz übernehmen. Sie verließ München und die Mädchen blieben allein zurück. Das bringt eine gewaltige Unruhe und Veränderung.«

»Sie glauben, es hat die Mädchen verändert?«

Er hebt die Schultern. »Ich weiß es nicht.«

»Aber Sie waren das beständige Element.«

»Ein solches Geschäft funktioniert nur mit einer Frau.«

»Kennen Sie den Baron, den Journalisten?«

»Klar, er versucht es immer wieder bei Lina.«

»Trauen Sie ihm?«

»Sie meinen, er könnte es gewesen sein?«

»Ich weiß es nicht. Wie ist es mit Ihnen?«

Er lacht und greift sich an die Brust. »Mein Interesse an Frauen ist zu gering, um etwas mit ihnen anzustellen. Sie kennen doch meine sexuelle Orientierung.«

Ich nicke.

»Aber bevor sie es herausfinden, gestehe ich lieber, ich habe Lina einmal einen Heiratsantrag gemacht. Ich wollte meine Eltern mit dieser Scheinehe täuschen. Lina war einverstanden, aber ich hatte es mir dann doch anders überlegt und lieber auf das Erbe verzichtet.«

»Sie sind ein armer Mann.«

»Ach, wissen Sie, meine Eltern zahlen die laufenden Kosten meiner Wohnung, mehr nicht. Ich arbeite als Fotomodell und als Zukunftsperspektive genügt mir der Pflichtteil des Erbes. Den habe ich sicher.«

Aus den Augenwinkeln bemerkte ich einen Mann, der durch den Torweg kommt, uns erblickt und sofort wieder den Rückweg antritt.

27

Offiziell bin ich Nichtraucher, wenn ich rauche, bin ich nicht mehr offiziell

Mein Gefühl, beobachtet zu werden, wird immer deutlicher, obwohl ich an meinem Schreibtisch sitze. Es kommt aus meinem Laptop. Ich habe die Begegnung mit Johanna und Olaf aufgeschrieben, aber der Computer arbeitet immer weiter. Er klickt, eine der kleinen Leuchten blinkt, signalisiert Gefahr. Der Bildschirm sieht mich starr an, blinzelt nicht. Da ist jemand. Vielleicht werden gerade alle meine Dateien ausgeforscht. Ich ziehe das Kabel fürs Internet ab. Aber nicht ändert sich, die Elektronik kribbelt, flüchtet da drinnen von einer Seite zu anderen, wehrt sich offensichtlich gegen etwas Fremdes. Ein Virus, der versucht, zu den Tasten durchzudringen, um von dort über meine Finger in mich hineinzukriechen. Er will mein Gehirn besetzen und ausforschen.

Es ist bestimmt nicht Lina, die versucht, mit mir Kontakt aufzunehmen. In einer Stunde sind wir beim Italiener verabredet. Ich nehme die Finger für einen Augenblick von den Tasten. Der Ventilator im Computer läuft an, bläst warme Luft aus. Ich gehe auf den Balkon. Die beiden Männer unten im Hof bauen einen Grill auf. Das Gefühl, beobachtet zu werden, bleibt. Von den beiden da unten kommt es nicht. Es kommt von weiter her. Ich betrachte die Fenster der Häuser, nirgends etwas Verdächtiges.

Ich gehe zurück, der Bildschirm ist dunkel. Stromsparmodus. Ich sehe nur mich selbst gespiegelt. Und in diesem Augenblick weiß ich, was geschehen ist. Der Brückenmörder hat erfahren, dass ich ihn suche. Er weiß, wer ich bin. Er kennt eine Stelle an einer Brücke, wo er mich hinunterwerfen will. Ich würde es nicht überleben. Zum ersten Mal wird er keine Frauen, sondern einen Mann hinab werfen. Und jetzt erinnere ich mich, dass ich dieses Gefühl schon einmal hatte. In Berlin, als ich spürte, es war aus mit Sabine und etwas Neues begann. Für einen Moment hatte ich die Vision einer Brücke, über die ich gehe, unter mir rauscht das Wasser und hinter mir ist jemand und kommt langsam näher.

»Warum machst du das?«, schreibe ich. »Frauen von Brücken werfen?«

Der Cursor blinkt, es kommt keine Antwort.

Ob er wirklich so aussieht, wie Johanna ihn beschrieben hat? Zeugen neigen dazu, Übeltäter größer zu schätzen, als sie wirklich sind. Das Flammenhaar. Solche Bilder gehören zum Abbild des Teufels. Aber etwas hat sie mir verheimlicht. Vielleicht hätte ich sie fragen müssen, woher sie kam, wohin sie wollte, als sie über die Brücke ging.

Auf dem Bildschirm des Laptops erscheint eine Fehlermeldung:

Bestätigen Sie den Verlust aller Daten. »Ja«. »Nein«. Obwohl ich das Internetkabel entfernt habe, scheint sich jemand in meinen Computer eingeschlichen zu haben. Ich klicke auf »Nein«, mache von diesem Manuskript eine Sicherheitskopie auf einem Datenstick und prüfe noch einmal die Internetverbindung. Ich entdecke, dass sich mein Laptop automatisch in ein offenes Netz namens »Auge« eingewählt hat. Es befinden sich drei verschiedene offene Netze in Reichweite. Ich kappe die Verbindung und schalte den Laptop aus.

Ich greife mir mein Jackett, lege es über die Schulter und verlasse das Haus. Schräg gegenüber ist ein Friseur. Neben dem Eingang rankt sich aus einem hohen Topf Efeu in die Höhe, breitet sich über den Fenstern aus. Ein dünner Mann daneben versucht, mit der Blattpflanze zu verschmelzen, sucht Deckung, als wären wir im Wald. Ich gehe Richtung Ampel. Der dünne Mann löst sich von seinem Gebüsch, geht in die gleiche Richtung. Ich überquere die Straße. Er erwartet mich auf der anderen Seite, spricht mich mit »Grüß Gott« und meinem Namen an, dass heißt, er macht aus Händel eine bayerische Form. Das Ä wird zu einem langgezogenen A. Er selbst nennt seinen Namen, den ich nicht verstehe, sondern erst auf der hingehaltenen Visitenkarte entziffere. Jakob Gratz, Kommissar bei der Münchner Polizei. Er bemüht sich zwar Hochdeutsch zu sprechen, doch er kann es nicht. Immer wieder fällt er in die Mundart, bei der die dunklen Töne als große Blasen aus der Mundhöhle kommen und die hohen Töne aus der Nase. Und da Bayerisch wie jede Mundart auch eine Form der Maulfaulheit ist, muss ich immer wieder nachfragen. Ich verstehe, er will mich nur ein Stück begleiten und ein paar Fragen bekäme er gern beantwortet.

Ich nenne ihm als Ziel das italienische Restaurant Porto Cervo in der Schellingstraße. Er nickt, geht neben mir her und schweigt, sodass ich überlege, ob ihm die Visitenkarte, die er mir gegeben hat, auch gehört. Er kann genauso gut das Brückenmonster sein, auch wenn sein Körperbau nicht den Beschreibungen der Zeugen entspricht.

Doch dann beginnt er zu erklären, dass wir beide möglicherweise an der Aufklärung desselben Todesfalles arbeiten. Es handle sich um die vor vier Wochen umgekommene Karo, bei diesem Fall gäbe es für die Polizei einige Ungereimtheiten.

»Die Schuhe?«, frage ich.

»Ja, die Schuhe auch«, sagt er.

»Gab es nicht vorher vergleichbare Todesfälle? Marie, Viola?«

»Bei Viola war es schon der dritte Versuch, ich bitte Sie!«

»Aber alle hatten eine gemeinsamen Verbindung.«

Er schüttelt den Kopf, erzählt etwas von Frauen, die Verschwörungstheorien anhängen, von Ordnungsfanatikern, denen das Verbrechen als Rechtfertigung ihrer Eigenart dient und Panikmachern der Medien, die mit Vergnügen überall Serienmorde sehen wollen. Er muss es zweimal wiederholen, bis ich sein Geschimpfe verstehe.

»Wo spricht man ihre Sprache?«, frage ich.

»Überall in Bayern«, antwortet er und erklärt mir, er habe sich vom Land nach München versetzen lassen, der Liebe wegen.

Wir schweigen wieder eine Weile, dann fragt er mich, ob ich schon mit der Presse geredet hätte. Ich erzähle ihm, dass der Baron ein Freund von mir ist. Und er zieht sein Gesicht zusammen, so dass die Backen nach außen wachsen. Schmerzen im Bauch.

»Was ist mit dem Baron?«, frage ich.

»Ein Münchhausen des Verbrechens«, sagte er, um gleich zu ergänzen: »Aber ich hab nichts gesagt.«

Für weitere zehn Schritte fallen wir wieder ins Schweigen. Dann fragt er, ob ich nicht mit der Polizei zusammenarbeiten wolle.

»Gern«, sage ich. Ich wüsste nur nicht, wie das gehen soll. Ich schreibe ja einfach nur auf, was mir begegnet. Ich ermittle ja nicht gezielt und könne niemanden befragen, der sich nicht zur Verfügung stellt. Aber wenn mir die Polizei ihre Informationen geben würde, könnte ich das natürlich berücksichtigen.

Er lacht. »Ich habe schon verstanden.« Er bleibt stehen. »Hätten Sie was dagegen, wenn ich mir eine Zigarette anzünde?«

»Nein.«

»Offiziell bin ich Nichtraucher, wenn ich also rauche, bin ich nicht im Dienst, wenn Sie verstehen.« Er holt eine Packung hervor, klopft eine Zigarette heraus und zündet sie an. Es ist eine Zeremonie, mit der er zum Privatmann wird.

»Natürlich weiß die Polizei«, sagt er, »von dieser Geschichte, dass es einen Menschen geben soll, der angeblich die Frauen von den Brücken in die Isar wirft. Die Angelegenheit wurde mir persönlich von Frau Wasmeier angetragen, und ich habe mir von meinen Vorgesetzten den Auftrag geben lassen, der Sache nachzugehen. Ich bin sozusagen das Sonderkommando Isarbrücken. Aber ich muss Ihnen ehrlich sagen, es gibt bisher nichts handfestes, keine eindeutigen Beweise. Aber möglich ist es natürlich schon.«

»Sie kennen Lina gut?«

»Wir sind ein wenig befreundet.«

Ich betrachte ihn von oben bis unten. Er trägt einen Anzug mit einem Jackett ohne Revers. Der Stoff ist grün wie bei einem Förster und die Säume sind von einem glänzenden, dunkleren Grün eingefasst. Die Knöpfe aus Hirschhorn. Darunter ein dunkelrotes Hemd. »Doch«, sagt er. »Das geht schon zusammen.«

»Sie halten die Leute, die in die Isar springen, für Selbstmörder?«

»Nein, für Selbstmörder sind die Brücken nicht hoch genug und das Wasser selten tief genug. Für Menschen, die wirklich den Freitod suchen, gibt es bessere Möglichkeiten. Aber vielleicht sind genau jene unter ihnen, die eigentlich ihren Versuch überleben wollen. Andere könnten junge Leute sein, die nur eine Wette abschließen, sich einen Jux machen. Besonders im Sommer, wenn es warm ist, springen sie.«

»Wie viel Tote waren es.«

»Wenn ich wüsste, wen man dazurechnen kann? Vielleicht vier oder fünf. Bitte bedenken Sie, innerhalb von mehreren Jahren! Das ist normalerweise nicht viel. Ich habe alle untersucht. Bei manchen weiß man nicht einmal, ob sie von einer Brücke gesprungen sind, bei anderen ist es eindeutig. Zum Beispiel springen zwei Jungens hinein. Einer taucht aus einem Wehr nicht wieder auf, der andere überlebt und erzählt, dass es eine Mutprobe war.«

»Und die anderen Überlebenden?«

»Ich kenne nur zwei, deren Aussagen sich widersprechen. Die eine könnte auch bei einem Balanceakt vom Geländer gestürzt sein. Beide behaupten allerdings, ein Mann hätte sie von hinten gepackt und über die Brüstung gestoßen.«

»Ich kenne eine, die nicht zur Polizei gegangen ist. Ich versuche, sie zu Ihnen zu schicken.«

»Danke«, sagt er und hebt die Zigarette hoch. »Ich mache sie jetzt wieder aus.«

»Moment. Die Schuhe noch, jetzt nur bei den drei Mädchen, die bei Lina gearbeitet haben. Waren es immer ihre eigenen.«

»Ja. Warum?«

»Bei Karo fand man doch drei Schuhe.«

»Einen hatte sie noch am Fuß – in der Regel fallen die Schuhe ab – und ein Paar Pumps stand noch oben an der Brücke. Es waren alle drei ihre eigenen. Und es ist das, was irritieren kann. Wenn es nicht einen Zeugen gäbe, der sie angeblich mit etwas in der Hand gesehen haben will. Verstehen Sie? Sie kam möglicherweise mit den Schuhen in der Hand auf die Brücke.«

Erneut hebt er die Zigarette an. »Jetzt aber. Und alles, was ich während ich rauchte, gesagt habe, habe ich natürlich nicht gesagt. Ich bin Nichtraucher.« Er lässt die Zigarette fallen, dreht sie mit der Schuhspitze aus.

»Verstehe.«

Er schüttelt mir die Hand, verweist noch einmal auf seine Visitenkarte. »Auf der Rückseite steht meine private Handynummer«, flüstert er, als hätte er mir das größte Geheimnis der Münchener Polizei verraten. »Und wenn Sie wollen, rauche ich gern mal wieder eine Zigarette mit Ihnen.«

Der Mann gefällt mir. Seine Methode scheint mir sehr bayerisch.

Zum Abschied versuche ich mich an einem »Grüß Gott« in bayerischer Mundart. Es misslingt.

28
Mein Preis in der Hölle

Porto Cervo heißt das Lokal, in dem Lina unbedingt essen wollte. »Es gehört zu den Besten hier im Viertel«, hatte sie gesagt. Auch ich erinnerte mich gut daran. Ich war vor einem Jahr schon einmal dort, als ich meine Wohnung vermietete.

Ich bin zu früh, aber der reservierte Tisch an der hinteren Wand ist frei. Die Bedienung grüßt mich, als käme ich jeden Abend. Ich bestelle schon mal ein kleines Bier. Ich denke an Linas Lächeln, wenn sie zur Tür hereinkommen wird und im gleichen Moment zieht ein Schmerz durch meinen Brustkorb, als hätte ich einen Seeigel verschluckt. Es ist meine Zwangslage, sie zersticht mir die Organe. Ich weiß schon lange, was Lina mit mir getrieben hat, wollte es nicht an mich herankommen lassen. Nach und nach hat sich die Wahrheit in meiner Brust versammelt, ist gewachsen, hat Stacheln bekommen, will herausgeschnitten werden, selbst unter dem Verlust meiner Liebe.

Ich hätte beim ersten Verdacht, mit ihr darüber sprechen müssen. Ich leide an verschluckten Worten, an nicht zu Ende geführten Gesprächen. Ich leide an meiner Liebe zu ihr, die keine Wahrheit will.

Ich richte mich auf, lehne mich nach hinten. Eine der Tafeln mit den Spezialitäten des Tages, die hinter mir auf dem Absatz der Bank stehen, kippt nach vorn, schlägt mir gegen den Hinterkopf. Was für ein passendes Symbol. Ich erhebe mich, richte die Tafel wieder auf und als ich mich wieder umdrehe, steht Lina auf der anderen Seite des Tisches, mischt etwas Spott in ihr Lächeln.

»Dreh dich noch mal um, du hast einen Preis auf dem Rücken.« Sie beugt sich über den Tisch, gibt mir einen Kuss.

Ich ziehe mein Jackett aus. Die Kreideschrift auf der Tafel hat sich darauf abgedrückt.

»Spiegelverkehrt«, sage ich.

»Umso schlimmer«, sagt sie. »Es ist die Schrift des Teufels.«

»Kein Zufall. Ich muss heute den Magister Diabolo spielen.«

Ihre Bernsteinaugen forschen in meinem Gesicht. »Lass uns erst essen.«

Die Bedienung kommt, ich glaube, es ist die Inhaberin, ihr Mann steht in der Küche. Wir einigen uns auf eine Flasche Dolcetto und nehmen beide vorweg einen Tomatensalat mit Zwiebeln. Lina bestellt eine Pizza Caprese. Ich kann mich nicht entscheiden.

»Wie wäre es mit Pennette, Zucchini und Putenstreifen. Das haben Sie das letzte Mal auch gegessen«, sagt die Wirtin. Sie hebt den Kopf, amüsiert sich.

»Ich war vor einem Jahr zuletzt hier.«

»Ich weiß.«

»Und Sie wissen noch, was ich gegessen habe?«

»Sicher.« Sie geht davon.

Ich wende mich an Lina: »Ist das auch ein Trick von dir?«

Sie schüttelt den Kopf. »Ich glaube, sie weiß das wirklich noch. Sie hat ein ausgesprochen gutes Gedächtnis, schreibt auch nie etwas auf.«

»Aber über so einen langen Zeitraum? Ich erkläre mir das so. Die Wirtin weiß, wer selten hier ist, kommt meist nur wegen eines bestimmten Gerichts, das er erneut essen will. Andererseits kann es auch sein, dass die meisten Gäste sich nicht erinnern, was sie das letzte Mal gegessen haben. Also versucht sie es. Die Wahrscheinlichkeit ist höher als fünfzig Prozent, dass es stimmt. Bei mir ist es so, dass ich mich nicht daran erinnere, aber mein Unbewusstes wahrscheinlich die gleiche Wahl getroffen hat.«

Die Flasche Rotwein wird gebracht. Ich probiere und schenke Lina ein. Wir stoßen an, und nachdem wir getrunken haben sagt Lina: »Sag jetzt nicht, was du sagen willst.«

»Ich kann nicht anders«, antworte ich. »Ich hab mein Manuskript noch einmal von vorn gelesen und mir ist bewusst geworden ...«

»... aber bisher hast du es nicht an dich herankommen lassen.«

»Ja, weil ich mich fürchte, mein Bild von uns beiden zu verlieren«.

»Dann verdränge es weiter. Du wirst uns den Abend, wahrscheinlich die ganze Nacht, verderben.«

»Kann sein.«

»Du weißt alles, nicht wahr?«

Ich nicke.

»Du hast die Möglichkeit, es nicht auszusprechen.«

»Aber ich will wissen, warum du es getan hast?«

Sie beisst sich auf die Lippen. »Ich wollte dich unbedingt kennenlernen. Ich hatte ein Buch von dir gelesen, dein Foto darin gesehen. Du warst mir so nah.« Sie versteckt ihr Gesicht hinter ihren Händen. »Ja, natürlich wollte ich auch, dass du diesen Fall meiner getöteten Freundinnen aufklärst. Ich dachte, es wäre eine Möglichkeit dich anzusprechen.«

Ich neige mich über den Tisch. »Ich bitte dich, du hast in Berlin einen Detektiv beauftragt, mich zu beobachten!«

»Ja, ich ... was sollte ich denn tun? Ich brauchte eine Gelegenheit, dir nahe zu kommen, mit dir sprechen zu können, ich musste dich doch ...«

»Warum hast du mir nicht einfach geschrieben?«

»Hättest du geantwortet?«

»Wahrscheinlich nicht.«

»Siehst du.«

»Dieser Detektiv …«, beginne ich nach einer Weile.

Sie schüttelt den Kopf. »Nicht weiter reden. Bitte.«

»Er hat mich Tag und Nacht beobachtet, bis sich eine Gelegenheit ergab, dass ich dir gegenübersitze und du mir deine Geschichte erzählen und Weiße und Schwarze Magie anwenden konntest. Was hat dieser Detektiv noch alles herausgefunden und berichtet?«

»Nein, bitte. Er hatte nur die Aufgabe, eine Begegnung möglich zu machen. Nichts anderes. Du musst mir glauben.« Sie versucht, zu lächeln. »Du weißt gar nicht, wie schwierig das war. Ich musste mitten in der Nacht los, konnte nicht mehr packen, fuhr also ohne Gepäck, um den Zug noch zu erreichen. Zum Glück hatte mir der Detektiv eine Fahrkarte besorgt.«

»Du hast mir vorgemacht, Karo wäre gerade erst gestorben. Es ist schon vier Wochen her.«

»Ja gut, aber ich habe dich nie belogen.«

Wir bekommen unseren Tomatensalat und stochern darin herum.

»Meine Problem ist«, sage ich, »ich weiß einfach nicht, was von dir inszeniert ist und was nicht. Zum Beispiel, dass ich Vera am Bahnhof treffe …«

Sie schweigt.

»Und dann schickst du sie mir als Putzhilfe? Zufall?«

»Ich …«

»Und Vera führt mich zu einer Kommilitonin, die einmal von der Brücke geworfen wurde.«

»Aber …« Lina hält inne, blickt zu Boden.

»Das Gespräch mit den Taxifahrern. Echt oder nicht?«

»Echt.«

»Wirklich?«

»Ja, gut, ich hab es arrangiert. Ich hatte schon, als ich im

Café ein Taxi rief, einen bestimmten Fahrer verlangt. Aber was die Taxifahrer gesagt haben, das ist wahr. Das erzählen sie sich auch untereinander.«

»Vorhin fing mich ein Kommissar ab. Zufall?«

»Jakob Gratz. Ja, ich habe ihn informiert, dass du wegen der Todesfälle von den Brücken recherchierst. Er hat mir nie geglaubt, dass es einen Zusammenhang gibt. Ich wollte, dass er sich mit dir trifft.«

»Kann es sein, dass du mich immer noch überwachen lässt?«

Sie knetet den Rand des Tischtuches, blickt nicht auf.

»Am Bahnhof versuchte man, mir meinen Laptop zu stehlen. Wem hattest du mein Kommen angekündigt?«

Sie schweigt.

»Bitte, es ist wichtig.«

»Im Zug, als du nicht im Abteil warst, habe ich eine Freundin und zwei Freunde angerufen. Und den Kommissar.«

»Welche Freunde? Hatten die den Auftrag, mir den Computer zu klauen?«

»Nein. Bitte, Georg, glaub mir ...«

»Wer sind die Freunde ....«

»Ach, bitte Georg, ich weiß, wegen des Gesprächs mit dem Baron im Café. Ich habe doch nur so getan, als hätte ich so viele Beziehungen. Männer, Frauen. Ich wollte den Baron ärgern. Es stimmt doch gar nicht.«

Ihr Blick fährt die Tischkante entlang.

»Du wusstest, dass ich den Baron kenne.«

Sie zieht die Nase hoch, schweigt. Ich versuche, in ihr Gesicht zu sehen. Es geht nicht.

»Ich weiß nicht mehr, in welcher Welt ich lebe«, sage ich. »Alles erweist sich als Inszenierung von dir.«

Das Essen kommt. »Stimmt etwas mit dem Tomatensalat nicht?«, fragt die Wirtin. Wir haben noch nichts davon gegessen.

»Alles in Ordnung«, sage ich. »Nur unser Leben im Augenblick nicht.«

Lina blickt auf. In ihren Augen staut sich das Wasser. »Ich liebe dich doch«, sagt sie.

29

Sie halten das Fahrrad fest, ich packe sie und werfe sie hinunter

Ich weiß, dass ich alle Details kenne, nur wage ich noch nicht, das Bild zusammenzusetzen. Meine Wirklichkeit würde sich verändern. Alles soll bleiben, wie es ist. Und solange ich meinen Platz in dieser Inszenierung nicht verlasse, kann mir wahrscheinlich nichts geschehen.

Ich marschiere durch die Nacht. Die Schritte hinter mir bleiben immer dieselben. Wenn ich mich schnell umdrehe, ist keiner zu sehen. Vielleicht ist es jemand, der Erfahrung im Anschleichen und Zupacken hat. Es muss so sein, dass einer von denen, die ich hier kennen gelernt habe, Kontakt zu dem Mörder gehabt und ihn gereizt hat. Er ist aus seiner Höhle hervorgekrochen und dann hat er sich gesagt, warum nicht auch den Händel in die Isar werfen.

Vielleicht existieren die Schritte aber nur in meinem Kopf. Vielleicht ist es alles nicht so, wie es mir erscheint. Die Häuserblocks sind in Wirklichkeit Festungen. Nachts werden die Riegel vorgeschoben, die Eingänge verbarrikadiert. Die wenigen Fußgänger sind bewaffnet.

In den Fenstern ist kein Licht zu sehen, das etwas verraten könnte. Mich würde keiner hineinlassen und mir Schutz bieten. Selbst für das schwangere Paar aus Palästina würde kein Münchener seinen Stall öffnen. Und jetzt fällt mir auf, dass ich in München noch keinen Obdachlosen mit seiner Habe im Einkaufswagen sah, wie sie in anderen Städten zum Bild gehören.

Ein Taxi fährt langsam vorbei. Ich winke. Der Fahrer überlegt fünfzig Meter lang, ob er mich mitnimmt, dann hält er an, wartet auf mich. Ich gehe zu seinem Fenster. Ein junger Fahrer, wahrscheinlich Student, der sich sein Studium mit diesem Nachtdienst verdienen muss. Vielleicht passt er im Auftrag Linas auf mich auf. Er lässt das Seitenfenster herab. Auf dem Beifahrersitz stapeln sich Bücher und Notizhefte.

»Kennen Sie Lina Wasmeier?«, frage ich.

Er reibt sich das Kinn. »Ich brauche schon eine Adresse. Wo ungefähr soll das sein?«

»Schon gut. Ich will eine Rundfahrt.« Ich steige hinten ein.

»Ich würde gern alle Brücken über die Isar abfahren«, sage ich. »Die Autobahnbrücke auch?«

»Nein. Fangen Sie im Süden an.«

»Dann beginne ich mit der Thalkirchner beim Tierpark. Hätten Sie was dagegen, einen Vorschuss zu zahlen?«

Ich reiche ihm einen Fünfziger nach vorn. »Sie befürchten, ich steige plötzlich aus und springe von einer Brücke. Sehe ich so aus?«

Er nickt. »So ungefähr.«

»Kennen Sie die Geschichte von dem Mann, der angeblich nachts die Frauen von Brücken wirft.«

»Klar. Sind Sie es?«

»Nein. Und Sie?«

Er lacht. »Ja, ich könnte es sein.«

»Und warum?«

»Ich bin 23 Jahre alt und hatte noch nie eine Freundin. Meine Begegnungen mit Frauen sind von deren Seite durch Missachtung, Erniedrigungen, Beleidigungen gekennzeichnet.«

»Sie meinen, dass könnte das Motiv sein?«

Er nickt. »Wollen Sie den Kerl finden?«

»Dazu müsste ich mich wohl eher auf die Lauer legen.«

Ich lasse mir von ihm einen Stadtplan geben. Aber er kennt

sich aus und nennt mir die Stadtteile, durch die wir fahren und die Straßennamen. Vor der Thalkirchner Brücke wird der Schwerverkehr abgeleitet. Ein Schild warnt vor dem Überfahren mit mehr als 3 Tonnen.

»Ist die Brücke kaputt?«

»Nein, aus Holz.«

Er hält in der Mitte. Ich steige aus. Die Brücke schwankt unter mir. Am Geländer hängen Schilder. Sie warnen vor dem Hinabspringen. Es ist kein Mensch zu sehen. Der Fahrer wendet auf der anderen Seite und fährt die Brudermühlbrücke an.

»Dazwischen gibt eine kleine Brücke über den Kanal zum Flaucher«, sagt er. »Und den Flauchersteg übers Wehr. Würde ich beide auslassen.«

»Was ist der Flaucher?«

»Ein großer Biergarten auf der Insel. Hat schon geschlossen. Die Insel heißt auch so. Gut zum Baden, wenn man's in der Isar mag.«

»Ist das Strandleben nicht eher ein großer Pärchenmarkt?«

»Gewiss, da zählt nur der Körper. Die meisten baden ja auch nicht, sondern stehen nur bis zu den Knien im Wasser. Ich bin zu dünn für diese Selbstdarstellung. Durch mich sehen die Frauen hindurch.«

Über die Brudermühlbrücke fahren noch viele Autos, aber es ist kein Mensch unterwegs. Er fährt Richtung Giesing, um dann links abzubiegen und über die Wittelsbacher Brücke wieder auf die andere Seite der Isar zu kommen.

Ein Pärchen lehnt am steinernen Brückengeländer. König Otto wirkt in der Dunkelheit wie ein Klumpen aus Kohle mit einer hellen Glatze. Zwei Männer gehen schnellen Schrittes auf der anderen Seite entlang. Der Fahrer drosselt das Tempo und fährt auf meinen Wunsch zweimal über die Brücke. Dann geht es an der Isar entlang zur Reichenbachbrücke.

»Was machen sie außer Taxifahren?«, frage ich.

»Studiere Germanistik und Sport auf Lehramt.«

»Dachte ich mir.«

»Ich fahre nachts, weil ich keine Freundin habe. Und wegen der langen Wartezeiten habe ich angefangen zu schreiben. Ich sublimiere.« Er nimmt eine Kladde vom Beifahrersitz auf und hält sie in die Höhe.

»Ein Krimi?«

»Ja, klar.«

»Ach, Gott.«

»Andere sind als schreibende Taxifahrer berühmt geworden.«

»Ich hoffe, Sie haben einen großen Gestaltungswillen, wenn es um die Sprache geht.«

»Was meinen Sie damit?«

»Sie glauben an Ihre Genialität?«

»Nö, nur ans Geld. Ich schreibe einen Bestseller.«

»Mehrheitlich hat das Schlechte den größten Erfolg.«

»Ich will mir ja auch eines Tages nur die Frauen davon kaufen.«

»Und dann für die Missachtung und Beleidigungen bestrafen? Sie präsentieren sich wirklich als potentieller Mörder.«

»Wie in meinem Krimi. Beim Schreiben bin ich der Protagonist, der Mörder.«

»Na, dann haben Sie ja einen Ausweg gefunden und führen Kunst und Leben zusammen.«

Auch auf der Reichenbachbrücke ist kein Mensch. Ich lasse ihn halten, steige aus und betrachte die Zacken der Türme der Sankt Maximilian, die über die Bäume in den Nachthimmel ragen, als wäre die Kirche eine Ruine.

Hinter uns kommt eine Gruppe von der Fraunhoferstraße. Ich steige wieder ein.

»Die haben die letzte U-Bahn verpasst«, sagt der Fahrer.

Es sind drei Männer und zwei Frauen. Die Männer mit Flaschen in den Händen. Ihnen folgt ein weiterer Mann. Im

Lichtschein wirkt sein kurzes Haar wie rötliche Flammen. Ich bitte den Fahrer, auf den Mann zu warten und ihm dann zu folgen.

»Ein Taxi im Schritttempo fällt ja auch gar nicht auf«, sagt er.

»Schon gut, fahren Sie weiter. Die nächste Brücke.«

Es folgt die Corneliusbrücke. Der Fahrer hält in der Mitte. Das Deutsche Museum wirkt von der Rückseite wie eine Festung.

»Da haben sie Sand aufgeschüttet.« Der Fahrer zeigt auf die andere Seite, auf einen Balkon in der Mitte der Brücke. »Die Strandbar hat immer Programm, aber die öffnen nur bis 23 Uhr.« Er wendet, fährt weiter.

Die Brücke, die nur zum Museum führt, lassen wir aus. Dem Fahrer fällt der Namen nicht ein.

»Boschbrücke«, entziffere ich auf dem Stadtplan, »und auf der anderen Seite heißt sie Zenneckbrücke.«

»Stimmt«, sagt er.

Die Steinfiguren am Eingang der Ludwigsbrücke tun so, als hätten sie die Brücke gebaut. Hier ist noch am meisten Verkehr. Viele Fußgänger. Der Fahrer hält in der Mitte und zeigt in den dunklen Park der Insel.

»Wissen Sie, wer sich da hinter den Bäumen verbirgt?«

»Der Mörder?«

»Der Vater Rhein.«

»An der Isar, klar.«

»Das Denkmal stand ursprünglich in Straßburg. Die wollten es nicht mehr haben. Und weil es von einem Münchner Bildhauer stammt, hat die Stadt das Denkmal eingetauscht gegen irgendein Gemälde.«

Er fährt wieder an, erzählt von den kleinen Brücken, die nur zur Insel führen. Müsste ich zu Fuß erkunden, erzählt er, und behauptet, der Steg auf dem Wehr wäre optimal, um jemanden hineinzuwerfen, nur da wäre weit nach Mitternacht garantiert keiner mehr anzutreffen.

Auf der Maximiliansbrücke zähle ich drei Passanten und ich entdecke einen Rettungsring.

Auf der Luitpold- oder Prinzregenten-Brücke ist kein Mensch, aber wieder sehe ich einen Rettungsring. Das Taxi fährt rasch weiter zur Max-Joseph-Brücke. Ein Mann mit Hund überquert sie.

»Wir sind durch«, sagte der Fahrer. »Jetzt kommt nur noch die Autobahnbrücke.«

Vor der Brücke gibt es eine Unterführung für Autos. Der Taxifahrer parkt daneben und wir gehen gemeinsam zur Isar. Am Brückeneingang ein Holzkasten mit Rettungsring. Ich halte ihn für den Beweis, dass mehr Menschen in die Isar springen, als Jakob Gratz zugeben wollte. »Hier würde ich es tun«, sagt der Fahrer. Wir sind in der Mitte.

»Aber die Brüstung ist sehr hoch.«

»Das schaffen wir schon. Wir warten bis jemand kommt.«

Wir lehnen uns an die Brüstung. Er steckt sich eine Zigarette an und zeigt mit der Glut in Richtung Englischer Garten. »Das da vorn ist die Tivolibrücke über den Eisbach. Vielleicht finden wir da eher jemanden.«

In diesem Augenblick biegt eine Frau auf einem Fahrrad auf die Brücke ein.

»Sie halten das Fahrrad fest, ich packe sie und werfe sie hinunter«, schlägt der Taxifahrer vor. Sein Mund presst sich zu einem schmalen Strich zusammen.

»Sie wird sich an uns erinnern«, sage ich.

»Wenn sie überlebt.«

30

Disput auf der Brücke mit dem Monster

Das Mädchen auf dem Fahrrad fährt langsam an uns vorbei. Die Speichen knarren, der Dynamo quietscht am Gummi des Reifen. Das Lächeln in ihrem Gesicht ist mit Schrauben fixiert.

»Die Wahrscheinlichkeit im Leben einem Mörder zu begegnen ist praktisch Null. Die Wahrscheinlichkeit zwei Mördern zu begegnen ist noch geringer«, sage ich und breite die Arme aus.

»Aber das weiß keiner«, sagt er.

»Die Liebe zur Angst kümmert sich nicht um Wahrscheinlichkeiten.«

»Schöner Satz. Kann ich den haben für meinen Krimi?«

»Nein, der kommt schon bei mir vor«, sage ich.

»Dachte ich mir schon, dass Sie auch schreiben.« Er stößt den Rauch seiner Zigarette in den Nachthimmel. Ich erinnere mich nicht, jemals Qualmwolken am Münchner Himmel gesehen zu haben.

»Ich könnte den Satz auch gar nicht gebrauchen. Da müsste der Leser ja innehalten und nachdenken – über sich selbst. Und möglicherweise legt er dann mein Buch zur Seite. Nein, der Leser muss jede Erkenntnis abnicken. Sonst kauft er kein zweites Buch von mir.«

»Schon klar«, sage ich, »den Markt zu bedienen, den Erwartungshaltungen von Verlagen, Buchhandel und Lesern entsprechen und in Stil und Sprache ein schnelles Einverständnis mit dem Leser zu suchen.«

»Gibt es eine andere Möglichkeit erfolgreich zu schreiben?«

»Sicher, aus einer Inspiration heraus, als schöpferischer Akt.«

»Aber das tue ich, manchmal schreibe ich mich wie in einen Rausch hinein.«

»Und dabei vergessen Sie, dass es so etwas wie Stil und gestaltende Sprache gibt.«

»Ich benutze alles, was ich gelernt habe. Was ist daran schlecht?«

»Wenn man Schreiben als freien schöpferischen Akt ansieht, wie die Kunst – wie die Malerei zum Beispiel, als Ausdruck eines Zeitgefühls – dann wird klar, dass die Kunst in der Beschränkung liegt. Das heißt, ich muss alles lernen und können und mich dann wieder einschränken. Welcher der vielen möglichen Werkzeuge für Stil und Sprache will ich verwenden, um meinem Gestaltungswillen Ausdruck zu verleihen? Das ist die Frage.«

»Und sterben in Armut. Amen«, sagt er und schnippst seine Zigarette über die Brüstung in die Isar. »Alles für den Ruhm nach dem Tod.«

Von beiden Seiten nähert sich jeweils ein Wagen. Plötzlich blinkt Blaulicht auf den Armaturenbrettern. Vier Männer in Zivil springen heraus, richten Pistolen auf uns.

»Hände hoch, Polizei!«

Der Taxifahrer lacht, aber er legt wie ich seine Hände als Dach auf den Kopf. Wir müssen an die Brüstung herantreten und uns mit gespreizten Beinen auf ihr abstützen. Jeweils einer der Polizisten durchsucht uns nach Waffen, dann bekommen wir Handschellen angelegt.

Die Radfahrerin kommt zurück. Sie hält an, wartet ein paar Meter entfernt. Einer der Polizisten winkt sie heran.

»Welcher ist es?«, fragt er.

Sie zeigt auf mich.

»Ich wusste, dass er es ist«, sagt der Taxifahrer. Er wiegt die Schultern. Ein Tanz. »Ich hab ihm sogar eine Falle gestellt, als das Mädchen vorbeifuhr, vorgeschlagen, sie hinabzustürzen, aber er wollte nicht.« Ein Spucketropfen glitzert im Laternenlicht.

»Wer soll ich sein?«, frage ich einen Polizisten und weiß es längst.

»Diese Frau kann bezeugen, dass Sie vor zehn Tagen von Ihnen von einer Brücke in die Isar geworfen wurde.«

31
Abendstunde im Spätherbst

Der Verhörraum ohne Fenster wirkt auf mich wie eine Kiste bereit zum Abtransport. Dick isoliert von der Außenwelt. Ich warte darauf, dass sie von einem Kran in die Höhe gehoben und auf einem Lastwagen abgestellt wird. Meine Welt trennt sich immer mehr von dem ab, was ich bisher für die Wirklichkeit hielt.

Ich bekomme einen Kaffee im Plastikbecher. Die Polizisten lassen mich meist allein, kommen nur immer kurz herein, um ihre Recherchen durch meine Angaben zu ergänzen. Ihre Freundlichkeit steigt mit ihrem Wissen über mich. Ich darf die Zelle verlassen und mich im Großraumbüro neben den Schreibtisch eines Beamten setzen. Ich habe ihnen gesagt, dass ich bis vor drei Tagen noch in Berlin war und von einem Privatdetektiv überwacht worden bin. Lina Wasmeier hat die Berichte des Detektivs bekommen. Verschwiegen habe ich, dass ich selbst auf der Spur des Verbrechers bin, für den sie mich hielten. Das schien mir bloß wieder ihren Verdacht zu wecken.

Der Raum füllt sich mit weiteren Beamten. Die neuen werden über mich informiert. Dass ich Krimiautor bin, sorgt in einer Gruppe von drei Uniformierten kurz für Heiterkeit. Wahrscheinlich kennt einer Friedrich Dürrenmatts Krimi »Abendstunde im Spätherbst«, in dem einem Autor nachgewiesen wird, dass er alle von ihm beschriebenen Verbrechen selbst begangen haben muss.

Dann kommt einer hereingelaufen und schwenkt die erste

Ausgabe einer Zeitung vom neuen Tag. Er legt es meinem Beamten auf den Tisch. Die Überschrift des Artikels ist groß genug, um sie auch von der anderen Seite lesen zu können. *Morde auf den Isarbrücken.*

Unterzeile: *Mörder tarnte Taten als Selbstmorde.*

Mein Beamter telefoniert und ich weiß, dass am Ende der Leitung Jakob Gratz im Bett liegt. Nach dem Gespräch richtet er seinen Blick auf mich und tippt auf die Zeitung. »Ist das Ihr Werk?«

»Wer hat den Artikel geschrieben?«, frage ich.

Der Beamte lässt seinen Finger über die Zeilen gleiten. »Herbert Armenlos.«

»Ein Pseudonym des Barons. Er recherchiert schon länger als ich an diesen Ereignissen. Bisher hatte die Chefredaktion das Thema abgelehnt. Er hat nichts in der Hand, keinen Beweis, alles ist Spekulation.«

»Er schreibt auch über Sie!«

»Das ich wegen dieser Todesfälle nach München gekommen bin?«

Er nickt.

»Es stimmt nicht ganz. Der ursprüngliche Grund meiner Reise war die Liebe. Eine, die zu Ende ging und eine, die neu begann.«

»Aber dann ...?«

»Ich bin kein Polizist. Lasse meist alles auf mich zukommen. Rede nur mit den Leuten. Meist genügt es.«

»Und was haben Sie herausgefunden?«

Meine Antwort leite ich durch ein Schnaufen ein, dass der Anfang eines Lachens sein könnte, ich unterstütze es durch das Heben der Schultern, sinke in mich zusammen und präsentiere die halb erhobenen offenen Hände. Ich bin die Karikatur eines Unwissenden. Aber sie wirkt.

»Nichts hab ich herausgefunden«, sage ich.

Ich bekomme noch einen kleinen Vortrag über die Arbeit der Polizei, die ich der Polizei auch überlassen sollte. Eigene Recherchen könnten sich sehr störend, wenn nicht sogar behindernd auswirken – ganz abgesehen von der Gefahr, in die ich mich begeben könnte. Er erhebt sich, gibt mir die Hand zum Abschied und sagt, ich würde draußen bereits erwartet.

Draußen steht Lina, hat den Blick eines Hundes. »Die haben mich angerufen und ausgefragt.«

Sie umarmt mich. »Küss mich«, fordert sie.

»Okay«, sage ich, »Versöhnung. Immerhin hat mich deine Überwachung in Berlin vom Verdacht, das Monster zu sein, erlöst.«

Mit dem Kuss schiebt sie mir etwas in den Mund.

»Was ist das?« Ich lutsche darauf. Es schmeckt nach nichts.

»Ein magischer Stein, der von Mund zu Mund weitergegeben werden muss.«

Ich spucke ihn auf meine Handfläche. Es ist ein brauner, glatter Stein.

»Ein Halbedelstein. Ein Achat.«

»Und was bewirkt er?«

»Sag ich nicht.«

32
Der Glöckner von St. Maximilian

Das Nachtlicht steckt in den Pflanzentöpfen in der Erde und leuchtet zu den Pflanzen hinauf, projiziert ihr Blätterwerk an die Zimmerdecken. Linas Wohnungswald wirkt wie ein Irrgarten. Auch ihre Wohnung ist eine Inszenierung, die die Wirklichkeit ausschließt. Hexen müssen wohl so leben.

Sie will, dass wir uns immer an einer Stelle berühren. Haut auf Haut. Sie befürchtet, dass in unseren Köpfen sonst eine Veränderung eintritt, die sich nicht mehr rückgängig machen lässt. Wir ziehen uns nacheinander aus, sodass wir uns für keinen Augenblick loslassen müssen. Einmal im Bett ist es kein Problem mehr.

Nach einer Weile erwache ich durch ein Geräusch, als wäre ein Tier im Raum. Linas Wald ist vielleicht belebt. Ich stelle mir vor, es wären die Geräusche eines Kaninchens, das sich an einer Pflanze aufgerichtet hat und Blätter mümmelt. Ich stütze mich auf die Ellbogen. Es gibt kein Tier, das Geräusch kommt von Lina. Es sind ihre Zähne, die aufeinander reiben. Aber ihr Atem ist gleichmäßig. Sie schläft. Nur ihr Gesicht hat ein wenig die Form eines Kaninchens angenommen, die Oberlippe scheint gespalten, bewegt sich. Ich beuge mich über sie, küsse sie auf die Schläfe. Sie erwacht nicht. Ich steige aus dem Bett, gehe in die Küche. Ich mache kein Licht, und beim Blick aus dem Fenster in den Hof sehe ich an der gegenüberliegenden Hauswand eine Modulation der Schwärze, eine Verfärbung in der Fassade. Sie bewegt sich, ein Schatten, er hat die Gestalt eines Mannes.

Es muss der Freund von Karo sein, in Erwartung der Erlösung durch das Erscheinen ihres Geistes.

Nein, Moser war nicht so groß.

Jetzt knickt er nach vorn ein, wird kleiner, ein Buckel wächst aus ihm heraus. Er wankt in die Mitte des Hofes. Der Glöckner von St. Maximilian. Seine unerfüllte Liebe zur Hexe Lina lässt ihn alle anderen Frauen in die Isar werfen.

Er verschwindet im Torweg. Ich sehe nach Lina. Sie schläft. Das Knirschen der Zähne hat aufgehört. Ich ziehe mir eine Hose über und an der Wohnungstür greife ich mir den Schlüssel für ihren Laden. Vielleicht zeigt die Überwachungskamera das Gesicht des Glöckners. Ich schleiche mich hinunter, schalte eine kleine Lampe am Kassentisch ein. Im Hinterzimmer läuft der Rekorder der Kamera. Ich stoppe ihn, gehe ein Stück zurück. Auf dem Bildschirm erscheint der dunkle Hof etwas heller. Der Mann kommt, trägt eine Kappe mit großem Schirm. Er lehnt sich an die Wand, sieht hinauf, dann scheint er mich zu entdecken und geht wieder. In seinem Gesicht tanzen die farbigen Pixel, sie können sich nicht einigen, wo ihr Platz ist. Er ist nicht zu erkennen.

Ich lasse die Kamera wieder weiterlaufen. Jetzt ist der Hof auf dem Monitor heller. Die kleine Lampe im Laden hätte genügt, um den Mann kenntlich zu machen. Lina muss sie nachts brennen lassen.

Im Laden gehe ich die Regale entlang, bis ich den braunen Achat finde. Mundstein. Nach Überlieferung der Majas gibt man ihn von Mund zu Mund weiter, um eine friedliche und versöhnliche Stimmung zwischen Menschen zu erreichen.

Ha!

Ich drehe mich um. Lina steht draußen im weißen Nachthemd vor der Scheibe, beobachtet mich und lächelt, dann kommt sie herein.

»Der Stein hat dir keine Ruhe gelassen, was?«

Ich nicke. »Es war auch noch jemand im Hof. Ich hatte gehofft, ihn durch die Kamera zu identifizieren.«

»Der Steinewerfer?«

»Gut möglich. Er ist nicht zu erkennen. Wenn du diese kleine Lampe nachts brennen lässt, können wir ihn vermutlich identifizieren, falls er wiederkommt.«

»Du meinst, es ist jemand, den ich kenne?«

»Ja.«

»Aber was will er?«

Ich hebe die Schultern. »Vielleicht finden wir ihn in deiner Kundendatei.«

»Einer, der sich rächen will, weil der Zauber nicht funktionierte?« Sie greift mir um die Hüfte, schmiegt sich an mich.

»Ich glaube nicht, dass dir etwas geschehen kann, aber ich brauche auch eine Liste deiner Freunde der letzten Jahre«, sage ich und stecke meine Nase in ihr braunes Haar.

»Warum? Die Wichtigsten kennst du schon. Und den Rest kannst du in drei Tagen bei meiner Geburtstagsfeier kennen lernen.«

»Ich will sie vorher alle noch in die Isar werfen.«

33

Die langweiligen Träume habe ich noch nicht ausgepackt

Als ich am Morgen aus Linas Wohnung komme und den Hof betrete, begrüßt mich Olaf. Er steht wie ein Wachsoldat in der geöffneten Ladentür. »Welches Sternzeichen?«, fragt er.

»Steinbock.«

»Warten Sie.« Er marschiert in den Laden und kommt gleich darauf mit einem kleinen braunen Stein heraus. »Immer in der Tasche tragen. Schützt vor allem und jedem. Haben wir neu im Sortiment.«

»Danke, wenigstens einer muss ja an die Magie glauben.«

»Lina tut es doch auch.«

»Sie sagt, nein.«

»Sie will nur immer so rational erscheinen.«

»Sie kannten doch Karo? Hatte Sie einen Freund?«

»Ja. Aber ich glaube, sie war nichts für Männer.«

»Hatte sie eine Freundin?«

Er hebt stumm den Kopf und wirft den Blick an die Decke.

»Lina? War das was Intimes?«

»Ich glaube schon.«

»Und mit den anderen Mädchen auch?«

Er beißt sich in die Unterlippe, zieht das Gesicht zur Nase zusammen und will nicht antworten.

Auf dem Weg in meine Wohnung schlägt die Überschrift einer Boulevardzeitung auf mich ein. »Das Isarbrückenbiest!« Ich schwanke, denn zugleich versucht mein Gehirn, sich für einen Sekundenbruchteil abzuschalten, sodass ich mich an einer

Hauswand festhalten muss. Ich habe in den letzten drei Tagen zu wenig geschlafen. Ich versuche, die Zeit zusammenzurechnen und komme auf nur acht Sunden. Ich lasse meinen Plan fallen, Johanna, das Überlebensopfer des Isarbrückenmörders, in dem Möbelladen zu besuchen und gehe direkt in die Theresienstraße. Ich muss schlafen. Ich schiebe meine Beine die Stufen zu meiner Wohnung hinauf. Die Stufen wölben sich. Ich angle nach dem Geländer, klettere auf den runden Ästen eines Baumes nach oben. Immer in Gefahr, herunterzufallen. Ich muss schlafen, sonst lande ich wirklich in einer Fantasiewelt. In der Wohnung werfe ich mich aufs Bett, erwarte in Ohnmacht zu fallen, sogar der Tod ist möglich.

Nichts. Nicht einmal etwas Ähnliches.

Ich liege in meiner Kleidung auf dem Bett, meine Augen lassen sich nicht schließen. Langsam verwandle ich mich in ein großes Stück Seife mit einem Docht, bin also nicht mal aus Wachs, man kann mich nicht anzünden, habe nur den Anschein von Sinn, bin aber die Nutzlosigkeit in Person, eine Nachbildung aus Seife. Ein Spielzeug Lina Wasmeiers. Und dieser kleine Funke in einem Gehirn aus flüssiger Masse, die einmal Pudding werden will – Vanille, natürlich – genügt, um einen Gedanken in Gang zu setzen, vor allem Bilder zu befreien, die ich nie zuvor gesehen haben. Mein Kopf auf einem Amboss. Etwas wird um meinen Hals geschmiedet. Alles ist voller Rauch, die Luft will nicht in die Lungen. Ich ersticke. Das Eisen dröhnt vom Hammerschlag. Der Schmied, ein großer Kerl mit roter Haut und orangefarbenem Flammenhaar, packt mich an den Schultern, richtet mich auf. Haare wachsen auf seinem Handrücken. Er hat eine Kette mit einem Haken und befestigt sie an dem um meinen Hals gelegten eisernen Ring.

»Fertig«, sagt er und reicht die Kette weiter. Mein Blick klettert von Ring zu Ring und weiß doch genau, wer sich am Ende findet. An ihrem nackten Körper züngeln die Flammen des Schmiedefeuers. Ich beneide die Glut um ihre Möglichkeit, lasse mich auf alle Viere herab, laufe mit krummen Beinen und hechelnd zu ihr und lösche jede Flamme auf ihrer Haut mit meiner Zunge.

Ich erwache vom Klingeln des Telefons. Es zerrt an meinem Trommelfell, holt es ein Stück aus dem Ohr heraus und für einen Moment befürchte ich, keine Ohrmuschel zu haben.

»Händel«, melde ich mich und ergänze: »Leicht zu händeln.«

»Wie hat dir der Traum gefallen, den ich dir geschickt habe?«, fragt Lina. »Ich habe gerade eine neue Lieferung bekommen und dachte, ich teste mal einen an dir.«

»Hast du nicht einen, bei dem ich mit dir zusammen bin und mich entspannter und glücklicher fühlen kann?«

»Die langweiligen Träume habe ich noch nicht ausgepackt.«

In diesem Augenblick klingelt erneut ein Telefon. Mein Blick irrt umher. Ich habe keinen zweiten Apparat. Und erst jetzt erwache ich wirklich.

Das Bettlaken hält mich gefangen, klebt auf meiner Haut. Mit einem Reißen wie bei Papier befreie ich mich. Ich stehe auf, tappe mit einem Schleier vor den Augen nach dem Telefon, drücke auf Empfang und knurre nur. Ein Hund, der den Anrufer warnen will.

»Bist du das?«, fragt der Baron.

»Ja. Und bei der Gelegenheit, das Isarbrückenbiest ist bestimmt auf deinem Mist gewachsen«

»Klasse, was? Wie findest du den Artikel?«

»Ich hab ihn gar nicht gelesen.«

»Schade, ich hab dich erwähnt.«

»Ich werde dich verklagen.«

»Lies erstmal. Mein Boss hat mich gelobt, als Beispiel hingestellt, dass man manchmal an einer Sache dran bleiben muss, auch wenn sie nicht unterstützt wird. Ich werde nächste Woche mehr Gehalt verlangen.«

»Toll für dich.«

»Übrigens, wir haben ihn!«

»Wen?«

»Den Kerl, den Isarbrückenmörder. Es haben sich aufgrund des Artikels so viele Zeugen gemeldet, dass er verhaftet werden konnte.«

»Na, dann ist ja gut.«

»Willst du nicht wissen, wer es ist?«

»Nein.«

34

Ungarisches Wasser

Ich lese noch einmal, was ich bis hierhin geschrieben habe und komme aus dem Knurren nicht wieder heraus. Mein persönliches Kriterium, keine bewertenden Adjektive zu verwenden, habe ich einige Male nicht einhalten können. Aber viel schlimmer: Ich hätte viel eher bemerken müssen, wie Lina mich manipuliert hat. Und kaum treffe ich wieder mit ihr zusammen, hat sie ein Zauberkunststück parat, um mich zu versöhnen.

Kein Wunder, wenn mir mein Gehirn diesen Traum schicken muss. Ich schäme mich für die simple Symbolik. So etwas darf ein Mensch wie ich nicht träumen. Aber mein Gehirn wusste sich wohl nicht mehr anders zu helfen, bei einem Typen, der vor lauter Lieben und Trieben nichts anderes mehr wahrnimmt.

Und noch ein Versäumnis entdecke ich: Als Erstes hätte ich mich mit dem Umfeld der beiden von den Brücken gestürzten Mädchen auseinandersetzen sollen. Wie hieß dieser Versicherungsmensch? Ich suche seine Visitenkarte. Michael Moser. Das Büro liegt am Sendlinger Tor. Drei U-Bahnstationen.

Am Fahrkartenautomaten kaufe ich mir einen Zehnerstreifen. Ab jetzt werde ich öffentliche Verkehrsmittel benutzen. Immer schön dicht am Alltag aller Menschen bleiben. Kontakt zur Bevölkerung, zu normalen Menschen, nicht zu Hexen und Journalisten, die eine Welt nach ihrer Vorstellung schaffen wollen, oder Taxifahrern, die die Welt nur hinter dem Glas ihrer Frontscheibe sehen, als wäre sie ein Aquarium – man wechselt das Wasser aus und alles ist wieder in Ordnung. Ich kaufe mir eine Zeitung mit dem Artikel des Barons. Er hat erwähnt, dass meine Recherchen für einen neuen Kriminalroman in München im Zusammenhang mit dem Isarbrückenbiest stehen. Immerhin macht er Werbung für mein letztes Buch »Friedhof der Beziehungen«.

Beim Sendlinger Tor muss ich nur um zwei Ecken gehen und stehe vor dem Versicherungsbüro. Im ersten Raum verstecken sich zwei ältere Frauen hinter Bildschirmen. Michael Moser kommt gerade von hinten. Er riecht wieder stark nach diesem Parfum und zeigt mit ausgestrecktem Finger auf mich, wie jemand es tut, der den anderen zwar erkennt, aber noch auf der Suche nach dem Namen ist. Es ist nur eine Geste, er weiß meinen Namen nicht. Ich bin sicher, ich habe ihn bei unserer nächtlichen Begegnung nicht genannt.

Ich stelle mich vor und erinnere ihn an die nächtliche Hilfestellung Er nimmt mich mit in sein Büro. Auf der Fensterbank ein paar eingegangene Pflanzen, die ihre vertrockneten Stängel wie Totenhände aus der Erde in den Himmel strecken. Auch auf dem Schreibtisch ein Rosmarinstrauch, der zum Teil seine Blätter verloren hat.

Wir setzen uns gegenüber. Er holt ein Bild von Karo aus der Schreibtischschublade und stellt es vor mir auf. »Gerade heute hatte ich mich entschlossen, das Bild wegzustellen. Durch das Foto habe ich immer das Gefühl gehabt, ich muss noch etwas tun.« Er rupft eine paar Blätter von dem Rosmarinstrauch, steckt sie sich in den Mund und kaut. Daher der Duft. Und jetzt sehe ich, dass einige Pflanzen auf der Fensterbank abgeerntete Rosmarinsträucher sind.

»Sie kauen das immer?«

Er weiß für eine Sekunde nicht, wovon ich rede, so automatisiert ist bei ihm der Vorgang, dann grinst er breit. »Entschuldigung.«

Er schiebt mir den Rosmarinstrauch entgegen. »Bedienen Sie sich.«

»Was bewirkt es?«

»Es ist einfach gut, hält gesund.« Das leichte Kopfschütteln zeigt, er will nicht verraten, warum er es kaut. »Es war eines der ersten Parfums. Ungarisches Wasser hieß es«, ergänzt er, um Nachfragen zu vermeiden. »Es sollte der ungarischen Königin ewige Schönheit bescheren«

»Rauschzustände?«, frage ich trotzdem.

»Es ist ein Symbol der Liebe.«

Also doch Rausch.

»Es ist die von Aphrodite geweihte Pflanze.«

Es bringt mich zurück zum Grund meines Besuchs. »Ich möchte gern wissen, wann sie Karo zuletzt vor ihrem Tod gesehen haben.«

Er verschiebt die Stirnfalten zum Haaransatz, um für einen Einfall Platz zu machen: »Jetzt weiß ich es, Sie sind dieser Schriftsteller, das stand heute in der Zeitung.«

Ich nicke.

»Sie sind ja wie von der Polizei.«

»Von der wurden Sie auch befragt?«

»Ja, und ich war am Tag vorher in den Laden gegangen, um ein Geschenk zu kaufen. Meine Mutter wünschte sich immer eine große Glaskugel. Ich verabredete mich mit Karo für den Abend, aber sie ist nicht gekommen. Nicht ungewöhnlich. Davor hatte ich sie bestimmt ein bis zwei Wochen nicht gesehen. Sie hatte immer keine Zeit.«

Er steht auf. »Sie entschuldigen mich einen Moment.« Er geht hinaus. Eine der Frauen guckt durch den Türspalt. »Möchten Sie etwas zu trinken?«

Ich lehne ab.

Michael Moser kommt zurück und riecht plötzlich muffig. Er lässt sich auf seinen Stuhl nieder und rupft dabei einige

Rosmarinblätter ab und stopft sie sich in den Mund. Seine Zähne beginnen ihr Mahlwerk. Ich habe den Eindruck, er bekämpft ein spezielles Leiden.

»Kennen Sie denn weitere Freunde oder Freundinnen von Karo?«

Er schüttelt den Kopf. »Ich war, wie gesagt, nicht so eng mit ihr, aber ich glaube, Lina und sie haben eine Zeit lang viel unternommen. Kino, Theater und so.«

Mir fällt ein, dass Rosmarinkauen vielleicht einsam macht. »Ihre Beziehung zu Frauen ...«, beginne ich.

Ein tiefer Atemzug richtet ihn auf. »Ist nicht besonders ausgeprägt«, ergänzt er meinen Satz.

»Sie wurden oft enttäuscht?«

»So weit kam es meist gar nicht.«

»Ein guter Grund, sie umzubringen.« Jetzt probiere ich auch eines von den Rosmarinblättern. Ich schmecke nichts, pflücke drei weitere und kaue. Bitter. Geröstet auf gebratenem Fleisch sind sie mir lieber.

»Wissen Sie, ich versuche es gar nicht oft mit Frauen. Meine Familie wohnt auf dem Land und wir heiraten innerhalb der Verwandtschaft. Auch für mich ist bereits eine Cousine zweiten Grades ausgewählt. Ich mag sie. Sie ist hübsch. Also, es gibt gar keinen Bedarf. Ich gehe in ein zwei Jahren zurück nach Pfaffenhofen, heirate sie und ...«

»Aber ...«

»In unserer Familie«, unterbricht er mich, »gibt es eine Krankheit.«

»Das meine ich«, sage ich.

Er schüttelt den Kopf. »Es ist eine Krankheit, die das Zusammenleben mit anderen schwierig macht. Mit Rosmarin halte ich sie etwas im Zaum.« Er ist kurz davor, ein Geständnis zu machen, doch dann besinnt er sich und steht auf. »Haben Sie sonst noch Fragen? Wenn Sie etwas über Karos Umgang wissen wollen, sprechen Sie am besten mit Lina und Olaf. Mit Olaf hat sie sich im Laden immer abgewechselt.«

Er will mich loswerden, hat schon zu viel geredet, die Krankheit muss ihn und die ganze Verwandtschaft isolieren. Und dann erinnere ich mich, wofür man in der klassischen Naturheilkunde Rosmarin auch verwendete.

»Gibt es denn eine genetische Ursache für die Blähungen?«, frage ich.

Er nickt. Und ich verstehe, wie kompliziert seine Beziehungen sein müssen. Wenn er jetzt noch zugibt, mit Karo geschlafen zu haben, weiß ich, dass er tatsächlich auch als Mörder in Frage kommt.

»Haben Sie mit Karo geschlafen?«

Er nickt. An seinen Lidern staut sich das Wasser.

Die Liebe zu seiner Cousine zweiten Grades kann so groß nicht sein.

35

Mit der dünnen Zunge eines Raben

Nur schreibend erfahre ich die Welt. Ich reduziere sie auf Sprache, filtere sie und vereinfache sie damit. Und niemand kann daran Anteil nehmen. Denn welches Bild ich bei jedem Satz sehe, weiß der Leser nicht. Er hat seine eigenen Bilder, aufgrund seiner eigenen Erfahrungen. Lesen heißt, sich an Gesehenes zu erinnern und daraus wie bei einer Collage ein neues Bild zu kombinieren.

Ich entdecke beim Schreiben immer etwas, das mir nicht bewusst war. Etwas über mich selbst, eine Wahrheit oder den Namen des Mörders. Ich weiß jetzt sicher, dass er unter allen zu finden ist, die ich kennen gelernt habe.

Ich rufe den Baron an und erkundige mich nach dem verhafteten Mann. Beim Sprechen isst der Baron einen Apfel oder hat einen Becher am Mund und trinkt. Mehrmals muss ich nachfragen. Das bringt ihn zu mehr Lautstärke mit Entrüstung gemischt. Da hätten wohl mehrere Münchner Rache für etwas ganz anderes geübt und zwei Männer beschuldigt. Die seien inzwischen wieder freigelassen worden.

»Man muss sich fragen«, brüllt er mich an, »ob diese Form der Charakterschwäche nicht typisch für Münchner ist, die sich gern als Zeugen melden, um ihre Nachbarn anzuschwärzen.«

Seine Empörung hat den Höhepunkt erreicht. Aber ich muss ihn nicht bremsen. Seine Stimme überschlägt sich. Er krächzt, hustet, dann fragt er wieder mit der dünnen Zunge eines Raben und dessen Timbre, wo Lina sei, er habe versucht, sie zu erreichen. Der Kerl im Laden habe nur gesagt, dass sie verreist sei. Sofort beginnt eine neue Tirade über Verkäufer, die sich heute darin gefallen, alle mit Missachtung und schlechter Laune zu bestrafen.

»Sie ist in den Bayerischen Wald zu einer Glasfabrik gefahren, kommt erst Morgen wieder«, unterbreche ich ihn.

»Das ist diese verdammte Geheimnistuerei mit der Herstellung ihrer Hellseherkugeln. Ich warne nur davor, wenn du so eine Kugel in die Sonne stellst, bündelt sie die Strahlen wie ein Vergrößerungsglas und es beginnt zu brennen. Sie hat mir mal so ein Ding geschenkt. Ich legte es arglos auf die Fensterbank und die Farbe begann zu schmoren. Ich bin überzeugt, sie wusste sie, sie wusste ...es war volle Absicht, sie ...«

»Baron!« rufe ich. »Es reicht. Hör auf!«

Er zischt, lässt die Luft ab, mit der er sich aufgeblasen hatte.

»Wir sehen uns ja auf ihrem Geburtstag«, sagt er und legt auf. Ich schnuppere am Telefon. Es riecht ein wenig nach Schwefel.

Ich lese noch einmal seinen Artikel über das Isarbrückenbiest. Es gibt darin eine fiktive Szene, wie der Kerl ein Mädchen verfolgt und sie über die Brüstung wirft. Ziemlich viele Detailkenntnisse.

36
Es war, als hebe mich jemand in die Höhe

Bei meiner Art der Recherche, alles aufzuschreiben, was um mich herum geschieht, gibt es ein großes Problem. Da ich nicht weiß, worauf es hinausläuft, kann ich nicht zwischen wichtigen und unwichtigen Ereignissen unterscheiden. Ich muss es nehmen, wie es kommt. Am Ende kann ich nur die falschen Abzweigungen, wie bei einem Baum den Wildwuchs, zurückschneiden.

Die meisten Krimiautoren arbeiten anders. Sie schreiben ihre Romane quasi von hinten nach vorn. Sie kennen den Schluss, von ihm aus entwickeln sie ihre Geschichte rückwärts. Sie legen bewusst falsche Spuren und dosieren damit die Erkenntnis beim Leser, wer der Täter sein könnte, so, dass immer noch ein Überraschungs- und Spannungsmoment entsteht. Dafür gibt es klare Regeln als Vorgabe, destilliert aus tausenden von Kriminalromanen zuvor. Fließbandarbeit unter Beachtung einer Strategie wie beim Militär. Jede Schraube muss sitzen, jedes Detail passen. Auf gleiche Weise könnten die Autoren auch Atombomben bauen oder – weniger dramatisch – Motoren zusammenschrauben.

Wer den Genreregeln folgt, ist kaum noch in der Lage, etwas Neues zu kreieren. Meist wird dann auch noch eine klassische Sprache benutzt, deren Stil keinen Anspruch stellt. Es geht nur noch darum, den Motor perfekt zusammenzuschrauben. Handwerk nennen die Autoren es dann. Dass der eigene Gestaltungswille fehlt, wird nicht einmal bemerkt. Oder die Frage danach, wird mit dem Hinweis auf die Originalität der Geschichte beantwortet.

Die Geschichten aber sind immer dieselben. Seit Jahrtausenden. Das Biest im Menschen.

Den größten Schrecken lösen bei mir Autoren aus, die behaupten, sie wollten nur den Anspruch der Unterhaltung erfüllen. Erfüllungsgehilfen einer Verlag-Buchhandel-Medien-Bestseller-Maschine. Statt Autoren zu sein, könnten sie auch jeden anderen Beruf ausüben – und das sollten sie besser auch. Die Literatur hat im Zeitalter der permanenten Verfügung des Videos und Films wieder die Aufgabe Kunst zu sein, alles andere machen die anderen Medien besser.

Ich gehe in den Möbelladen und befürchte, dass Johannas Brückensturz ein Ereignis ist, dass ich auslassen könnte. Im Café Jasmin hatte ich das Gefühl, sie erzählte nicht alles. Wer bei einem Verbrechen etwas verheimlicht, ist darin verstrickt. Dann kann es sich bei dem Täter nicht um das Brückenmonster handeln.

Johanna steht hinter dem Kassentisch am Computer. Wieder zieht das Haar mit einem Knoten hintern dem Kopf ihr Gesicht straff. Diesmal wickelt sich auch noch ein schwarzes Kleid so eng um ihren Körper und die Arme, dass nichts davon in keinem Moment seine Form verlieren kann. Unten fließen schwarze Leggins fast bis in die Schuhe. Beim Näherkommen sehe ich, wie sich die Bewegung ihrer Gelenke abzeichnet. Das ist mir im Café nicht aufgefallen. Wenn ich sie länger ansehe, werde ich auf die Idee kommen, sie zu einem Essen einzuladen, um aus dem Gerippe einen Menschen zu machen. Ich kenne ein Restaurant in der Nähe, das Steinheil, da gibt es riesige Wiener Schnitzel mit Bratkartoffeln. Die haben mir immer sehr gut geschmeckt. Aber wahrscheinlich würde sie danach sofort auf die Toilette huschen und alles wieder herauswürgen.

Sie sieht mich, nickt mir zu, bleibt aber hinterm Computer

und druckt etwas aus. Ich probiere inzwischen ein Sofa. Man kann es ausklappen und als Gästebett benutzen. Sie kommt nicht. Ich gehe zu ihr, und weil inzwischen ein weiterer Verkäufer neben ihr steht, frage ich, wie man das Sofa ausklappen kann. Sie kommt mit.

»Kennen Sie Lina Wasmeier?«, frage ich.

Sie zieht unten ein Lattenrost unter dem Sofa hervor. »Vera ist ja zweimal in der Woche dort und macht – wie nennt man das – die Pflanzen.«

»Ich dachte, sie putzt.«

»Ja, das auch, aber ihre Eltern haben eine Gärtnerei, oder eine Baumschule, deshalb hat sie Ahnung von der Pflanzenpflege. Vera hatte mich mitgenommen, um mich vorzustellen. Ich wollte in dem Laden arbeiten. Dort wird besser bezahlt als hier.«

Mit ihren dünnen Armen klappt sie ein Sitzpolster auseinander, sodass ich schon mit zupacken will, aber natürlich nicht weiß, an welcher Stelle. Sie zieht die Polster nach vorn über den Lattenrost. »Das ist schon alles.«

»Wen trafen Sie in Linas Laden?«

»Lina und noch eine Frau.«

»Karo?«

»Ich glaube ja. Ich habe sie nie wieder gesehen. Sie soll sich umgebracht haben.«

»Sie wurde von der Brücke geworfen.«

»Ach, ja, stimmt.«

»Aus dem Job bei Lina ist nichts geworden?«

Sie schüttelt den Kopf. »Nein, wird wohl auch nichts.«

»Und Ihr Brückensturz, Johanna.?«

»Ja.«

»Es gibt eine Verbindung, nicht wahr?«

Sie klappt das Polster wieder zusammen, schiebt mit dem Fuß den Lattenrost zurück.

»Woher kamen sie genau an jenem Abend.«

»Ich war mit einem Freund in einer Kneipe in der Fraunhoferstraße gewesen und hatte die letzte U-Bahn verpasst. Das habe ich doch schon gesagt.« Ihre Nase zuckt und zwischen den Wörtern »einem« und »Freund« macht sie eine längere Pause, wie jemand, der sich nicht sicher ist, ob das die richtige Bezeichnung ist.

»Gehe ich Recht in der Annahme, dass die Beziehung zu diesem Freund beendet ist?«

»Ach, wir hatten noch gar keine Beziehung.«

»Es sollte eine werden?«

»Ja, nein, nein. Es war aus, bevor es überhaupt begann. Deshalb haben wir ja so lange in der Kneipe gehockt und diskutiert, bis meine letzte Bahn weg war. Alles wegen diesem Stinktier. Er hat auf mich eingeredet, als ginge es um sein Leben. So was Blödes. Und ich treffe mich mit dem! Und dann wollte ich das Taxi sparen.«

Sie marschiert zum nächsten Sofa. »Hier nimmt man zum Schlafen nur die Lehnen ab. Die Liegefläche ist natürlich sehr schmal.«

»Und dann auf der Brücke«, sage ich, »da haben Sie doch jemanden erkannt.«

Johanna sieht sich um. Es ist kein Kunde mehr im Laden, der sie retten könnte. »Vera hat mich das auch gefragt.«

»Und?«

»Das ist es ja. Es war ganz komisch. Es war Lina. Sie kam mir in dieser Nacht von der anderen Seite entgegen.« Ich bemerkte sie und wollte nicht mit ihr reden, weil es doch schon zwei Wochen hergewesen war, dass ich mich vorgestellt hatte, ohne was von ihr zu hören. Ich fand es peinlich und wechselte die Brückenseite und dachte, sie erkennt mich sowieso in der Dunkelheit nicht.«

»Und?«

»Sie ging vorbei und kurz darauf packte mich jemand und warf mich über die Brüstung.«

»Also, den Mann mit den Flammen auf dem Kopf gab es nicht.«

»Nein, nicht so direkt, irgendwie schon.« Johanna geht vor mir her, streicht über Armlehnen und Polster und wendet ihr Gesicht ab, wenn ich sie ansehen will.

»Johanna, Sie glauben doch nicht etwa, dass Lina ...«

Sie geht langsam zwischen den Sofas hindurch. »Wie wäre es mit dem?«, fragt sie. »Man drückt den Sitz hoch und schwenkt es dann noch vorn, die Lehne wird mit zur Liegefläche.«

Sie geht weiter, kann mir nicht in die Augen sehen.

»Vera sagt, bis vor einigen Wochen hätte es noch ein magisches Kraftöl in dem Laden gegeben. Man trinkt einen Schluck und kann dann doppelt so viel tragen und heben wie normal«, sagt sie.

»Sie meinen, es war Lina Wasmeier?«

Sie hebt die Schultern. »Vera glaubt nicht an so was. Ich denke, es gibt solche Hexenmittel.«

Sie wendet sich ab. »Mehr Schlafsofas haben wir nicht.« Sie will wieder hinter den Kassentisch in Deckung gehen.

»Halt«, sage ich. Sie bleibt mit dem Rücken zu mir stehen.

Ein Kunde kommt herein und hält eine der draußen vor dem Laden stehenden Kerzenhalter in der Hand. »Haben Sie den auch in rot?«, ruft er. Der andere Verkäufer eilt auf ihn zu, fragt: »Für eine schwarze Messe?« Sie lachen. Und nimmt ihn mit nach hinten zum Eingang des Lagers.

»Johanna, es war noch jemand auf der Brücke!«, behaupte ich.

Ihr Kopf knickt nach vorn. Jetzt könnte ich ihre sämtlichen Wirbel zählen. Mehr als bei einem normalen Menschen. Und für einen Moment bin ich verwirrt. Wie viel Rippen haben Frauen? Ihr Oberkörper ist wirklich sehr lang.

»Ich glaube, hinter mir hielt ein Wagen, ein Auto.«

»Sie glauben?«

»Ja, es war so.«

»Was für ein Wagen?«

»Ein ganz teurer, so ein Luxusauto. Ich kenne mich bei den Marken nicht aus.«

»Aber Sie kannten den Wagen?«

Erst jetzt dreht sie sich zu mir um, sieht zu ihren Füßen hinab und stellt sie aneinander. »Also, ich begann zu laufen. Immer schneller.«

»Und dann sind Sie gesprungen!« Ich neige meinen Kopf, versuche von unten in ihr Gesicht zu sehen. Sie schüttelt den Kopf, schüttelt meinen Blick ab.

»Ehrlich, es war, als hebe mich jemand in die Höhe.«

37
Lähmungserscheinungen

Gleich nach dem Gespräch mit Johanna gehe ich nach Hause, um alles aufzuschreiben. Ich muss endlich dieses Gefühl zulassen, dass ich einen Rucksack mit mir herumtrage, in dem vielleicht ein wildes Tier darauf wartet, mir die Schlagadern durchzubeißen. Ich trage den Namen des Mörders mit mir herum, und es gelingt mir nicht, ihn auszusprechen. Schon auf dem Nachhauseweg habe ich Lähmungserscheinungen. Mein linkes Bein bewegt sich nur, wenn ich es ansehe.

Die ganze Geschichte macht mich allmählich krank.

Dieses München, das ich beschreibe, existiert nicht.

Keiner der Menschen von Lina bis Johanna ist wirklich vorhanden.

Alles nur Gespenster.

Ich schreibe und schreibe und normalerweise weiß ich längst, wie alles gewesen ist. Aber jetzt habe ich das Gefühl, in einer Zwischenwelt zu verharren. Ich sitze in einem Raumschiff, es schwebt ohne Antrieb, wurde bis eben noch ferngesteuert, jetzt neigt es sich langsam nach unten. Der Brennstoff ist ausgegangen. Es gehorcht auf kein Kommando. Alle Schalter, Knöpfe und Tastaturen sind nur Dekoration, funktionieren nicht. Ich werde abstürzen.

Ich springe auf, steige in meinem Raumanzug die Treppen hinunter und berühre vorsichtig die Erde. Staub wirbelt auf. Ich bin auf dem Mond, bei jedem Schritt hebe ich ab.

Das »Grüß Gott« eines Menschen, der versucht, mit dem

Eingang eines Haus zu verschmelzen, bringt mich auf die Erde zurück.

Mein »Grüß Gott« gelingt auch immer besser.

»War das vorhin die Frau, die von einer Brücke geworfen wurde?«, fragt Kommissar Jakob Gratz.

Ich nicke. »Ich glaube, Johanna ist von ihrem eigenen Freund in die Isar geworfen worden. Wer immer es ist, er könnte auch das Brückenbiest sein.«

»Das Brückenbiest«, stöhnt der Kommissar.

»Außerdem«, fahre ich fort, »glaube ich, hat es keinen Zweck, sie weiter zu befragen, denn ganz allmählich wird sie aus ihrer Erinnerung an den Sturz einen Selbstmordversuch machen.«

»Vielleicht stimmt es ja.«

»Die bringt sich auf andere Weise um, so dünn wie sie ist.«

Der Kommissar brummt, wahrscheinlich verbirgt sich hinter dieser Frequenz eine bayerische Redensart. »Sie haben es wahrscheinlich gehört«, fährt er mit höherer Stimme fort, »es gibt eine gewisse Panik unter den weiblichen Nachtschwärmern und Frauen, die über die Brücken gehen.«

»Haben sie denn jemanden in Verdacht?«

Er holt eine Zigarettenpackung aus der Jackentasche, versucht, eine Zigarette herauszuklopfen. Die Packung wehrt sich, knüllt sich zusammen, doch dann guckt eine der Zigaretten ein paar Millimeter heraus wie ein vom Specht gerufener Wurm. Er packt sie mit Schnabelfingern, steckt sie in den Mund, zündet sie an und sagt: »Nein.«

Er zieht einmal, stößt eine Rauchwolke aus. »Ich habe Fotos dabei. Die Mädchen. Und die Schuhe.«

»Oh je, Blut und Leichen?«

Er nickt.

»Wollen Sie, dass ich in Ohnmacht falle?«

»Wir könnten uns in ein Café setzen?«

»Keine Chance.«

Er lässt die Zigarette fallen, tritt sie aus. Sie sprüht Funken, als wäre es eine Lunte. Er wartet, bis nichts mehr glüht, dann hebt er das Gesicht und fragt: »Und wen haben Sie im Verdacht?«

Ich nehme die Finger zu Hilfe und zähle ab: »Lina Wasmeier, den Baron, Vera, deren Nachnamen ich nicht einmal weiß sowie Michael Moser, Olaf Germer, zwei Taxifahrer, die ich identifizieren könnte und natürlich Sie. Und mich selbst. Macht neun Personen. Und dann noch jeden, den Lina kennt.«

38
Eine Mischung aus dem Schleier einer Araberin und dem hochgezogenen Halstuch eines Räubers aus dem Wilden Westen

Eine Welt aus Watte wird durch ein hartes Klingeln durchbohrt. Ich stehe auf, vermute, dass mir das Ohr blutet. Ich wanke an einem Spiegel im Flur vorbei, der mir einen Menschen zeigt, den ich nicht kenne, auch nicht mag. Sein Gesicht ist auf ungewöhnliche Weise zusammengefaltet und dann wieder auseinandergezerrt worden. Ich bin es nicht. Immerhin läuft kein Blut aus dem Ohr.

Ich blicke auf meine nackten Füße. Der Zeh, das Pflaster. Daran erkenne ich mich.

Für einen Moment will ich die Tür gar nicht öffnen, so will ich mich niemandem zeigen. Hinter der Tür aber singt eine Stimme: »Bin schon oben.« Vera, die vor langer Zeit als Kind Heidi hieß und Geißen-Peter als Freund hatte.

Ich gehe zurück in die Küche und lege mir ein kariertes Geschirrhandtuch über den Kopf, erst dann öffne ich. Alles, was ich sehe, ist der untere Teil eines grünen Kleides mit blauen und roten Blüten. Eine Almwiese.

»Oh, was ist geschehen?«, fragt sie.

Ich sehe nichts, stelle mir vor, ihr Mund ist eine Höhle, ein kleines Murmeltier könnte darin wohnen. »Bin etwas unansehnlich.«

Ich tappe in die Küche. Sie folgt. »Wir hatten vereinbart, dass ich heute beginne.«

»Gut, dann fangen Sie am besten damit an, mich in den Mülleimer zu stopfen.«

Plötzlich ist sie unter dem Geschirrtuch bei mir, strahlt wie ein frisch gepflückter Apfel, riecht auch so und sagt: »So schlimm ist es doch gar nicht«, und gibt mir einen Kuss auf die Nase. »Ab ins Bad unter die heiße Dusche, dann glättet sich alles.«

Ich folge dem Befehl.

Die Welt aus Watte schrumpft, klumpt zusammen, wird ein Waschlappen. Das Wasser läuft über mein Gesicht, findet sich in dieser Wüste in unbekannten Wadis zu neuen Flüssen zusammen. Woher kommen die, weder habe ich zu viel Alkohol getrunken, noch erinnere ich mich an Albträume. Aber ich erinnere mich an einige prominente Gesichter, die mit zunehmenden Alter scharfe senkrechte Falten im Gesicht bekamen, oft auch auf der Stirn, kein Produkt der Mimik, nein, man sah ihnen das Kissen an, auf dem sie über Nacht gelegen hatten.

»Bedenke, du bist fünfzig«, flüstere ich. »Dieses frisch gepflückte Apfelmädchen, das gerade durch deine Wohnung saust, ist nichts mehr für dich, auch wenn sie dich auf die Nase geküsst hat.« Magische Küsse. Lina. Sie hat heute Geburtstag, aber der wievielte ist es? Vielleicht wird sie schon vierzig?

Ich sehe mich nach einem Handtuch um und erst jetzt fällt mir ein, dass ich es gestern auf den Balkon gehängt habe. Ich halte mir einen Waschlappen vor mein Geschlecht, öffne die Badezimmertür. Alles ruhig. Ich schleiche durch den Flur zum Balkon, da sehe ich Vera über meinen Laptop gebeugt. Was liest sie da auf dem Bildschirm? Den hatte ich doch ausgeschaltet. Ich laufe weiter bis zum Balkon, wickle das erste Handtuch um die Hüfte und lege das zweite über die Schulter. Eine Toga. Als Römer kehre ich zurück. Vera wischt Staub. Der Laptop ist zugeklappt.

»Wie wäre es mit frischen Semmeln?«, singt sie. »Ich decke den Frühstückstisch, mache Kaffee und Sie gehen inzwischen zur Bäckerei. Wollen wir nicht du zueinander sagen?« Sie lehnt sich mit dem Rücken an den Schreibtisch, verdeckt den Laptop und biegt ihren Körper zurück. Fest und muskulös drückt er sich unter ihrem geblümten Kleid ab. Sie will, dass ich an etwas anderes denke als an meinen Computer. Wie gut, dass ich schon unter der Dusche diese Gedanken abgeschlossen habe.

»Du«, sage ich, »was hast du an meinem Laptop gemacht?«

Sie hebt das Staubtuch hoch bis kurz unter die Augen. Eine Mischung aus dem Schleier einer Araberin und dem hochgezogenen Halstuch eines Räubers aus dem Wilden Westen.

»Ich war so neugierig«, sagt sie. »Du hattest doch gesagt, dass ich in deinem Manuskript vorkomme.«

Diese Heidi ist eine Mata Hari.

39

Fünfzig Kilo sind für mich kein Problem

Wer mit leerem Magen zum Bäcker geht, kommt mit viel zu vielen Brötchen zurück. Andererseits war die Auswahl groß und die mir unbekannten Sorten müssen natürlich probiert werden. Mit drei Tüten mache ich mich auf den Rückweg. Im Hausflur begegne ich einem der Männer aus dem Bungalow im Hof. Es ist der Grauhaarige. Er trägt zwar ein blaukariertes Hemd und eine Jeans, aber im Beruf stelle ich ihn mir in einer Militärunform vor.

»Semmeln!«, sagt er, »da will ich auch gerade hin.«

»Ich hab mindestens vier zu viel.« Ich halte ihm eine der Tüten hin. »Geschenkt.«

Er wiegt den Kopf. »Wir haben so unsere Spezialsorte.«

Ich öffne die Tüte, lasse ihn einen Blick hinein werfen.

»Ah, Schweizer. Das sind allerdings die Besten und sogar eines mit Blindenschrift ist dabei.«

»Sesam.«

»Leider muss ich trotzdem los. Ich brauche Leberwurst und Käse für meinen Mann. Kennen Sie den kleinen Laden um die Ecke?«

»Den mit der Fassbutter in der Augustenstraße?«

Er nickt. »Sie haben ihn schon entdeckt.«

»Nehmen Sie die Brötchen trotzdem. Sie sparen sich das Anstehen beim Bäcker. Etwa Fünfzehn Minuten.«

»Brötchen?«, sagt er. »Die heißen hier Semmeln.«

»Zu Befehl.«

»Weitere Einkaufstipps gibt's heute Abend bei Linas Geburtstagsfeier.« Er geht zur Haustür.

»Sie kennen sie?«

»Durch Olaf Germer.«

»Ach so, verstehe.«

»Nein, keine falschen Gedanken. Olaf ist überall zu Hause. Nein, es war Lina, die uns auf Sie aufmerksam machte. Sie habe sich Karten legen lassen und den Herzbuben gezogen. Er wohne bei uns im Haus. Aber Sie sollten meinen Mann fragen, er ist Spezialist für Klatsch und Tratsch.«

»Heute Abend.« Ich drücke ihm die Brötchentüte in die Hand und steige langsam die Treppen hinauf. So klein kann München gar nicht sein, wie es mir jetzt vorkommt. Ich bin in einer speziellen Szene. München ist wo anders.

Ich öffne die Wohnungstür. Vera deckt gerade erst den Tisch. Ich weiß, was Sie die ganze Zeit gemacht hat.

»Ich glaube auch«, sagt sie, »dass Johanna selbst gesprungen ist.«

»Das habe ich doch gar nicht geschrieben.«

»Und wieso gehöre ich zu den Verdächtigen?«

»Weil es für dich eine Kleinigkeit wäre, Johanna hochzuheben und hinab zuwerfen.«

»Stimmt.«

»Du trainierst doch regelmäßig?«

»Ich gehe zweimal in der Woche ins Studio. Fünfzig Kilo sind für mich kein Problem.«

»Muss ich Angst vor dir haben?«

»Na klar, alter Mann.«

40

Der Name des Mörders als Passwort

Ich nehme mir vor, alles per U-Bahn zu erledigen. Ich hole die bestellte Schwarzwälder-Kirsch-Torte am Stachus ab. In der Mitte steckt eine Marzipanschild mit Schokoladenschrift: *Für Lina, die mich bezaubert hat. Georg.*

Aber dann stehe ich am Straßenrand, trage mit beiden Händen die Torte und denke, ein Taxi ist doch besser für einen solchen Transport. Ich balanciere mein Paket auf einer Hand und winke einer vorbeifahrenden Taxe.

»Was sagen Sie zu dem Brückenbiest?«, frage ich den Fahrer.

»Gibt's doch gar nicht«, sagt er. »Ist doch bloß Medienzirkus.«

Als ich zurückkomme, ist Vera weg. Auf einem Zettel entschuldigt sie sich, dass sie nicht so lange bleiben konnte wie vereinbart. Sie müsse auch noch helfen, die Geburtstagsfeier von Lina vorzubereiten. Die Wohnung sieht wieder sauber aus.

Ich gehe an den Laptop. Ich hatte Vera verboten, weiter in diesem Manuskript zu lesen und den Zugang mit einem Passwort verschlossen. Ich lese ein bisschen an verschiedenen Stellen, korrigiere die Rechtschreibung, streiche die eine und andere Floskel. So etwas darf zwar in der wörtlichen Rede vorkommen, aber nicht bei Beschreibungen. Eine Frage der Präzision. Plötzlich stoße ich auf einen Absatz, der mir völlig unverständlich ist. Fast jedes Wort ist falsch geschrieben. Es fehlen Wörter, die Sätze sind unvollständig und wirr. Ich kenne das, es geschieht manchmal, wenn die Finger nicht schnell genug schreiben und die Gedanken vorauseilen, und ich sie trotzdem festzuhalten versuche. Das Ergebnis ist das Chaos.

Aber genau an dieser Stelle entdecke ich, was die ganzen letzten Tage mit mir vorgegangen ist. Und ich sehe jemanden auf einer Brücke stehen und weiß, wer es ist und warum er es tut.

Die Geburtstagsfeier heute Abend ist meine Chance, alles aufzudecken.

Ich ändere das Passwort in den Namen des Mörders und schalte den Laptop ab.

41

Ich höre das Häschen Arschloch sagen

Eine Spur von Rosenblättern führt von der Straße durch den Torweg über den Hof und die eiserne Treppe hinauf. Ich komme fast eine Stunde zu spät. Der Laden ist erleuchtet, aber geschlossen. Ich trage meine Torte auf Händen und bemühe mich, nicht auf eines der roten Blütenblätter zu treten. Ich habe das Gefühl, es bringt Unglück. Die Wohnungstür steht offen. Jakob Gratz steht in einem grünen Samtjackett davor, als wäre er ein Türsteher.

»Ah, die Polizei ist auch schon da.«

»Außer Dienst.«

»Schade, vielleicht brauche ich Sie.«

»Ich kann mich jederzeit in Dienstbereitschaft versetzen. Das bringt der Beruf mit sich.«

»Ich verlasse mich darauf.«

Musik, Gesprächsfetzen, Rufe quellen mir aus dem Blätterwald entgegen. Gelbe, rote und blaue Scheinwerfer beleuchten ihn. Ich trage meine Torte in die Küche. Ein Buffet ist aufgebaut. Vera füllt schon nach. »Wo ist Lina?«

»Im Wohnzimmer, da steht auch der Geburtstagstisch. Getränke gibt es hier und im Arbeitszimmer.«

Ich zwänge mich im Flur vorbei an Pflanzen, Menschen mit Tellern und Gläsern in der Hand. Menschen, die sich hinter Blättern verbergen. Ich kenne niemanden.

Auch das Wohnzimmer ist voller Gäste. Ich entdecke Olaf Germer und die beiden Männer aus meinem Innenhof, plötzlich öffnet sich eine Gasse bis zu Lina, die unter einer großen Palme steht. Ich schlängle mich durch, überreiche ihr den Karton mit der Torte, küsse sie auf die Stirn und wünsche ihr alles Gute.

Vorsichtig öffnet sie den Karton und dann umarmt sie mich. »Meine Lieblingstorte«, flüstert sie mir ins Ohr. »Ich wusste es, dass du sie mir mitbringst. Du glaubst gar nicht, was für blödes Zeug ich schon bekommen habe. Angefangen bei Reisigbesen, ausgestopften Vampiren und Raben, Schamanenhandbüchern bis zu einem Gutschein für eine Reise zum Brocken zur Walpurgisnacht. Das habe ich alles schon vom letzten Jahr. Die Leute sind ideenlos.«

Sie küsst mich auf den Mund, dann nimmt sie den Kopf zurück und betrachtet mich: »Was ist mit dir?«

»Ich weiß, wie alles war.«

»Wirst du mich noch lieben?«

»Lies die Beschriftung auf der Torte. Ich kann gar nicht anders.«

Der Baron steht hinter mir, räuspert sich, hustet, stampft mit den Hufen auf, um uns auseinanderzubringen. Er will ebenfalls sein Geschenk überreichen. Ich mache ihm Platz, er zieht hinter sich eine Frau im rosafarbenen Kleid her, stellt sie als seine Kollegin Karen aus der Redaktion vor. Es muss das »Häschen« sein. Dann überreicht er Lina einen großformatigen Bildband mit den ersten Fotografien der Indianer aus dem 19. Jahrhundert. Er darf Lina küssen und hört nicht mehr damit auf. Ich wende mich ab, höre das Häschen »Arschloch« sagen.

»Lina wird sich anschließend waschen wollen«, sage ich zu ihr, dann gehe ich in den Flur, postiere mich vor dem Bad. »Besetzt«, sagt ein Mann, »und ich bin vor Ihnen dran.«

»Ich warte auch schon und zwar am längsten«, sagt ein zweiter. Die Stimme kenne ich. Es ist der Taxifahrer, der einen Krimi schreibt.

»Ich dachte mir schon, dass Sie auch zum Freundeskreis zählen.«

Er grinst.

»Es lohnt sich, was?«, frage ich.

»Manchmal schon.«

»Wie weit sind Sie mit ihrem Manuskript?«

»Ich baue gerade noch eine Nebenhandlung ein, um den Leser zu verwirren. Und Sie?«

»Ich bin auf den letzten Seiten, um alles zu klären.«

»Und wer ist der Mörder?«

»Er ist hier.«

Er grinst mit einem Mundwinkel, zeigt einen Eckzahn. Er glaubt mir nicht.

»Es tut mir übrigens leid wegen der Szene auf der Brücke.«

»Ich dachte, die wäre geplant gewesen.«

»Nee, die nicht.«

Die Badezimmertür öffnet sich. Obwohl sie ihr Haar herabgelassen und sich ihr Gesicht dadurch entspannt hat, erkenne ich sie an jedem sich abzeichnenden Knochen.

»Johanna. Sie hier?«

»Vera hat mich bekniet mitzukommen.«

Sie zieht mich ein Stück mit sich. »Ich glaube, ich soll das Opfer sein«, sagt sie leise.

»Was für ein Opfer?«

»Sie haben noch gar nichts begriffen, was?«

»Nein, mir hat niemand was verraten.«

»Na, ich soll wieder meine Bahn verpassen, dann zu Fuß über eine Isarbrücke gehen, damit er mich hineinwerfen kann. Der Kerl ist doch hier.«

»Wer ist es?« Ich greife in die hintere Hosentasche und ziehe einen Fünfziger heraus. »Für ein Taxi.«

In einem anliegenden Zimmer schwillt die Musik an, blubbert, als wären die Töne in Luftblasen eingeschlossen. Wir sind schon unter Wasser. Johanna zieht die Mundwinkel herab, wird zum Fisch, bewegt die Lippen, als würde sie etwas sagen.

Aus einem Zimmer greift ein Arm nach ihr. Ein Krake. Er zieht sie hinein. Ihr Mund lacht. Ich gehe hinterher, schwimme unter Wasser zwischen Pflanzen und Meeresgetier, Schwärmen von Menschenköpfen wie Kugelfische.

Johanna, längst verschlungen.

42
Hinter dem Blattwerk einer Zimmerlinde

In Linas Wald schwillt die Lautstärke der Gespräche an. Lina ist immer wieder einmal auf der Suche nach mir. Und wenn sie mich findet, küsst sie mich und verschwindet gleich wieder. Sie weiß um die Gefahr dieses Festes – alle meine Ahnungen werden sich hier bestätigen – aber sie konnte mich nicht ausladen.

Viele der Gäste sprechen mich an, es sind zwei, drei darunter, die sich sofort als zukünftige Krimautoren vorstellen. Ich wünsche ihnen Glück, rede mit jedem, bleibe an der Oberfläche, warte auf die Trunkenheit der anderen, als Gehilfe meines Vorhabens. Der Wald dient mir immer mal wieder, mich unsichtbar zu machen.

Hinter einer dichten Zimmerlinde stoße ich mit Karen zusammen, dem Häschen im rosafarbenen Kleid, die wohl vor jemandem die Flucht ergriffen hat.

»Sie sind dieser Schriftsteller«, sagt sie, um wie ich in Deckung bleiben zu können.

»Was wissen Sie über mich?«

»Der Baron redet seit Wochen nur noch von Ihnen.«

»Seit Wochen?«. Dachte ich mir. »Was sagt er so?«

»Ich glaube, er ärgert sich inzwischen, dass er Sie empfohlen hat.«

»Mich empfohlen?«

»Na, weil er sich ja immer Hoffnung machte, mit Lina wieder zusammenzukommen, aber, wie ich höre, haben Sie ja den ersten Preis gewonnen.«

In ihrem Gesicht ist alles bunt und gerundet, die Wangen, die Stirn, als wäre sie von einem Designer für Puppen entworfen worden.

»Wie ist denn die Zusammenarbeit mit dem Baron?«

»Ach, er macht so viel nebenher. Immer hat er private Geschäftchen am Laufen.«

»Drogen-, Waffen-, Frauenhandel? «

Sie lacht. »Pressetexte für diesen und jenen Laden und immer verspricht er den Leuten einen Artikel in der Zeitung.«

»Arbeitet er auch für Lina?«

»Sicher. Er schreibt alle ihre Texte, schon, um sie weiterhin ablecken zu können wie vorhin.«

43

Begegnungen, aus denen Liebe werden kann

Auf einer Lichtung wird getanzt. Ich gehe in die Küche, das Büffet sieht bereits aus, als wäre jemand mit dem Motorrad darüber gefahren. Vera ist dabei, es wieder in Form zu bringen. Sie füllt Salatreste in kleinere Schüsseln, holt Nachschub an Schinken, Wurst und Käse aus dem Kühlschrank, säubert Holzbretter und befüllt die Geschirrspülmaschine.

»Ist das deine Aufgabe?«, frage ich.

»Ich bin für die Küche zuständig.«

»Wie damals am Bahnhof für mich.«

Sie lächelt, holt frisches Brot aus dem Ofen und schneidet es auf.

»Aber da ist doch alles schief gelaufen«, sagt sie.

»Ich hätte dich nicht in die Bahn steigen lassen sollen. Wir hätten zusammen mit der Taxe fahren können.«, sage ich.

»Es war schon verkehrt, mit dir einen Kaffee trinken zu gehen.« Sie holt neue Teller aus einem Schrank, dann öffnet sie eine Schublade mit Besteck. Ich denke, wenn sie es herausnimmt und in den Korb auf dem Tisch legt, entstehen genug Geräusche, um ein Satz zu sagen, den ich, falls er falsch sein sollte, als Missverständnis hinstellen kann. Denn noch bin ich mir meiner Sache nicht ganz sicher.

»Lina meinte, du solltest mich nur beobachten.«, sage ich zum Klappern der Messer und Gabeln.

Der Protest kommt sofort: »Hätte ich zulassen sollen, dass man dir den Laptop klaut?«

»Nein, natürlich nicht.«

»Ich musste eingreifen!« Sie füllt sich ihr Sektglas nach, will mit mir anstoßen.

Ich hebe die Schultern. »Ich habe kein Glas.«

Sie füllt eins für mich, es läuft über, tropft ihr auf die Jeans. Sie kichert, gibt es mir. »Ich bin schon betrunken«, sagt sie. Es klingt, als gäbe sie mir einen Freibrief, über sie herzufallen. Wir stoßen an und trinken. Sie beugt sich zu mir und gibt mir einen Kuss auf die Wange. Sie riecht wieder wie ein Apfel.

»Was ist das für ein Parfum?«

»Hat mir Lina geschenkt.« Sie hebt den Kopf, bietet mir ihren Hals zum Schnuppern.

»Was ich sehr mutig fand«, sage ich, »war, dass du auch noch als Putzmädchen zu mir kamst.«

»Begegnungen aus denen Liebe werden kann, werden immer für Zufall gehalten. Der Mensch will das so.«

»Wer sagt das?«

»Lina.«

44
Zuerst vergewaltigen und dann umbringen

Der Taxifahrer und zukünftige Krimautor steht im Türrahmen, senkt den Kopf und legt Querfalten auf die Stirn wie für ein zukünftiges Autorenfoto. Bildunterschrift: Hat alles selbst erlebt. Er hält ein schweres Glas in der Hand mit einer braunen Flüssigkeit und Eiswürfeln. Whiskey schätze ich. Er prostet mir zu. »Ich nehme mir nachher ein Taxi«, sagt er.

»Wurden Sie von Lina und mir eigentlich jeweils einmal für meine Fahrt bezahlt?«, frage ich.

Die Falten auf der Stirn rutschen zu den Augenbrauen. Die Haut kräuselt sich zusätzlich unter der Nase. Dann hebt er das Glas und trinkt es aus, lässt mich dabei nicht aus den Augen.

Er setzt das Glas ab und sagt: »Ach so, jetzt verstehe ich, Sie meinen, ich hätte kein Fahrgeld verlangen dürfen.« Er bläst die Luft aus, »So üppig ist das ja alles nicht. Vor allem weil sie sich ja wohl seit heute entschlossen haben, mit der U-Bahn zu fahren.«

»Das haben Sie mitgekriegt?«

»Ich war ja immer in Bereitschaft, Sie zu fahren oder hinter Ihnen herzufahren. Aber U-Bahn, das geht gar nicht.«

»Ich dachte Lina wäre sehr großzügig.«

»Ich habe den Job eher gemacht, weil ich während der Wartezeiten gut schreiben konnte. Und dann dachte ich, so was kann ich in meinen Krimi mit einarbeiten. Wissen Sie, so eine Szene mit der Fahrt über alle Brücken und dann endet das auch noch so überraschend. Mit der Verhaftung des Mörders.«

»Das war nicht geplant?«

»Nee, das nicht.« Er hält sein Glas in Richtung Vera. »Im Augenblick sind die Weiber alle verrückt wegen dieses Kerls auf den Brücken.«

»Was soll es denn sein?«, fragt Vera und nimmt ihm das Glas ab.

»Whiskey mit Eis«, sagt er, legt dabei den Kopf etwas schräg und hebt ihn. Er übt schon das Posen als Schriftsteller. »Eines ist mir inzwischen klar, ich schreibe sofort nach meinem Roman auch ein Drehbuch. Und so ein Mädchen wie sie ...« Er zeigt mit dem Daumen auf Vera. »Genau so eine hätte ich gern in einer kleinen Rolle. Zuerst wird sie vergewaltigt und dann umgebracht.«

Sie füllt sein Glas nach, reicht es ihm. »Danke«, sagt sie, »für das Angebot. Abgelehnt.«

Er schnuppert am Glas und geht in den Flur.

»Abgeblitzt«, sagt er. Er schwankt etwas, greift zum Halt in einen der Büsche. Blätter rieseln herab.

»Übrigens«, sage ich und folge ihm. »Ich würde die Szene mit der Fahrt über die Brücken an Ihrer Stelle nicht in Ihren Roman mit hinein nehmen. Diese Szene kommt schon in meinem Buch vor.«

Er steckt seine Nase in seinen Whiskey. »Nicht mein Tag«, röhrt es aus seinem Glas zurück.

45
Ich hatte Handschuhe an

Ich streife durchs Schlafzimmer. Zwischen den Büschen entdecke ich in der Menge Jakob Gratz, der mit Johanna spricht. Auf dem Bett sitzt Lina und Olaf hält eine ihrer Hände, redet auf sie ein. Ein Pärchen sitzt auf der anderen Seite des Bettes. Sie küssen sich.

Hinter einer Palme stellen sich die beiden Männer aus meinem Hinterhof als Peter und Paul vor.

»Peter und Paul, wie Peter und Paul, der Feiertag am 29. Juni?«, frage ich. Ich denke, es ist ihr Partypseudonym.

»Die Kirchengründer.«

Sie erzählen, dass sie Lina schon seit Jahren kennen.

Ob sie auch die Aufgabe gehabt hätten, auf mich aufzupassen. Nein, aber Lina hätte sie informiert, dass ich jetzt über ihnen wohnen würde und vielleicht mal Hilfe bräuchte, aber man sehe sich ja selten. Und Lina habe ja viel Pech gehabt, wolle schon seit Jahren im Süden leben, in Spanien habe sie ein Grundstück, aber immer müsse sie wegen ihres Geschäftes zurückkommen.

»Die Mädchen, denen sie die Leitung übertragen habe, waren ja wohl immer überfordert«, sagt der Mann, der auch beim Militär General sein könnte.

»Und was ist mit Olaf?«, frage ich.

»Unser Wilderer in allen Gärten«, sagt der General.

»Mit dem hat sie Glück, dass er immer einspringt, aber ein Hexenladen braucht natürlich eine Hexe«, sagt der andere. Er ist ständig in Bewegung und hat alles im Blick. Wahrscheinlich leitet er in der Polizeizentrale die Verkehrsströme, kontrolliert zehn Monitore zugleich und gibt den Mitarbeitern Anweisungen.

»Männern glaubt man den Umgang mit Magie nicht?«, frage ich.

»Und Schwulen schon gar nicht«, sagt der General.

»Und was ist mit den Schamanen?«

»Medizinmänner. Heiler. Das ist was anderes. Das müssen Männer machen«, antwortet sein Partner.

»Also, Olaf würde sie den Laden nicht übergeben?«

»Olaf hat sie überzeugt, dass sie hierblieben muss«, sagt derjenige, der die Verkehrsströme leitet.

»Sie gibt sich selbst die Schuld mit den drei Mädchen«, erklärt der General.

Plötzlich sehe ich Michael Moser in der Tür stehen. Er geht auf Lina zu, gibt ihr mit einer Verbeugung ein kleines Päckchen und dreht wieder ab. Erst auf dem Flur erreiche ich ihn, halte ihn am Jackett fest.

»Oh«, sagt er. »Ich kann nicht bleiben.«

»Ja, schon klar. Nur eine Frage, wo hat Karo gewohnt.«

»Na, hier natürlich. Alle haben hier gewohnt. Warum?«

»Ich habe mich nur gefragt, wie der Täter immer an ihre Schuhe gekommen ist.«

»Sie meinen, Vera war es? Die hat einen Schlüssel, weil sie immer die Büsche macht.«

»Gibt's hier Rosmarin?«, frage ich.

»Nein, nein«, sagt er. »Ich muss los.«

Er rennt ins Treppenhaus. Ich schnuppere ihm nach, dann drehe ich mich um. Der Baron steht hinter mir.

»Der Stein«, sage ich, »mit dem du das Küchenfenster aus lauter Eifersucht eingeworfen hast, ist aus dem Labor zurück. Der Gentest hat gezeigt, dass du ihn geworfen hast.«

»Kann nicht sein, ich hatte Handschuhe an«, sagt er.

46
Kurz

»Ich mache es kurz«, sage ich. Es ist nach Mitternacht und die meisten Gäste haben sich schon verabschiedet.

Ich bitte Lina, Olaf und den Kommissar zu Vera in die Küche.

Ich frage Vera, ob sie während der vierzehn Tage, die Lina in Berlin war, hier gewohnt hat. Es stimmt.

»Und vermisst du etwas?«

»Ja, hast du die silberne Kette mit dem Bernstein gefunden?«

»Nein.«

»Oh, schade. Die Schuhe vermisse ich nicht, die brauche ich nicht. Ich trage doch keine Pumps mehr. Ich hatte sie nur mitgenommen, weil ich dachte, wenn ich im Laden Dienst mache ...«

»Und wer hat einen Schlüssel für die Wohnung?«, frage ich Lina.

»Na, ich, Vera und Olaf.«

»Dann«, sage ich zu dem Kommissar, »begleiten Sie Olaf nach Hause, dort finden Sie die Pumps von Vera. Sie sollte sein nächstes Opfer sein, falls Lina nicht aus Berlin zurückkommt. Denn nur darum ging es ihm, Lina immer wieder zurück zu holen, wenn sie die Absicht äußerte im Ausland zu bleiben. Er warf eine Freundin von ihr in die Isar und Lina kam sofort zurück.«

Ich wende mich an Olaf.

»Sie hatten nach Violas Tod bemerkt, dass Lina sofort ihre Auslandspläne aufgab und zurückkam. Sie konnten sie trösten, ihr wieder sehr nah sein. Die Absicht, sie zu heiraten war keine platonische, nicht wahr? Sie dachten, Sie könnten sie mit dieser

Idee, jeder kann sein Leben mit seinen speziellen Beziehungen weiterleben, überzeugen. Aber so richtig homosexuell sind Sie gar nicht, habe ich mir von zwei Kennern sagen lassen. Sie wollten Lina zur Frau.«

»Ist das wahr?«, fragt Lina.

»Ich liebe dich«, sagt er. »Und wenn du mich noch willst, würde ich dich immer noch heiraten.«

»Ich meine, hast du Veras Schuhe zu Hause?«

»Kann schon sein. Du weißt, wie ich bin ... Ich ... Ich trage die manchmal selbst.«

»Die dürften von der Größe her nicht passen«, sage ich.

Olaf weiß nicht, wohin mit seinen Händen, dann wischt er sich damit übers Gesicht und betrachtet die Nässe auf seinen Handflächen.

»Stimmt das?« Lina ist von ihm zurückgewichen. »Ich hätte es wissen müssen.«

»Es stimmt nur, dass ich dich immer zurückholen wollte. Das habe ich dir doch gesagt. Du gehörst hierher. Es muss alles seine Ordnung haben im Leben. Man kann nicht hierhin und dorthin und überall ...«

Olaf schwankt in Richtung Vera. Sie hat ein scharfes Brotmesser in der Hand.

»Lina ist die einzige Person, die sein eigenes Leben in Ordnung bringen konnte«, sage ich.

Olaf schwankt wieder in Linas Richtung. »Ja, das ist wahr. Du musst hierbleiben. Du musst mich einfach heiraten. Es ist doch nur, damit alles seine Richtigkeit hat. Verstehst du denn nicht, ich bin sonst verloren ... ich gehe unter im Chaos ... ich zerreiße innerlich ... ich muss Stein auf Stein setzen und die Steine müssen dann dort bleiben, wo man sie hingesetzt hat. Sonst kann man doch nicht leben, wenn nichts Halt hat.«

»Der Mord als Versuch zur Wiedereinsetzung eines vorherigen Zustandes.«

»Nein«, widerspricht Olaf. »Es brauchte Opfer, um ... diese Mädchen waren doch nicht wichtig, sie haben nur alles durcheinander gebracht. Lina, das weißt du selbst ...«

»Dann wollen wir mal in Ihre Wohnung.« Der Kommissar klimpert mit Handschellen und sagt: »Mal sehen, was wir dort an Schuhen finden.«

47

Wie letztes Mal

»Pennette mit Zucchini und Putenstreifen?«, fragt die Wirtin des Porto Cervo.

»Ja, gute Idee«, sage ich.

»Wie letztes Mal.«

»Genau.«

Lina will nur Tomaten mit Morzarella. Und diesmal trinken wir einen sardischen Weißwein.

»Nach und nach begreife ich das erst alles«, sagt sie. »Dieses System in Olafs Kopf. Seltsam, dass er nicht darüber reden konnte, sondern einfach nur Wege suchte, alle Zustände wieder herzustellen. Er ist wirklich der einzige unter uns, der an Magie glaubt.«

»Die Richter werden es anders sehen. Weil seine Eltern nur hier in München für seine Wohnung und alle seine Kosten aufkamen, wollte er, dass du hierbleibst. Er konnte die Stadt nicht verlassen. Seine Eltern wollten ihn unter Aufsicht haben und wenn er sich anständig benehme ...«

»Er wollte mich wirklich heiraten, denn dann wäre er bei Geburt eines Kindes automatisch wieder Erbe geworden.«

»Und wenn ich mir vorstelle«, sage ich, »dass er tatsächlich schon Veras Schuhe gestohlen hatte, sein nächstes Opfer ...«

»Hätte er nicht auch dich umbringen müssen?«, fragt Lina.

»Aus irgendeinem Grund zählte ich nicht. Zu alt wahrscheinlich?«

Sie schüttelt den Kopf. »Sieh mich mal an. Kannst du dir vorstellen, dass jemand meinetwegen einen anderen ermordet?«

»Du willst eine Liebeserklärung hören?«

»Oder so etwas Ähnliches. Ich entschuldige mich auch für alles.«

»Für was?«

»Dass du eine Woche lang in einer überwachten Welt gelebt hast, die ich nur inszeniert hatte, die nicht richtig Wirklichkeit war.«

»Und deine Liebe zu mir?«

»Deshalb habe ich es ja gemacht. Ich wollte dich unbedingt behalten.«

»Meine Aufgabe ist erfüllt. Der Täter gefasst.«

»Nein! Wehe du gehst weg und verlässt mich. Als der Baron mir von dir zum ersten Mal erzählte, da hatte ich das Bild eines verbitterten, unzufriedenen Schriftstellers vor Augen. Und dann hab ich dich in Berlin gesehen.«

»Wo?«

»In einer Buchhandlung, du warst da mit dieser Journalistin. Und da wusste ich, dass ich mehr von dir wollte als nur die Aufklärung dieser Mordfälle.«

»Mehr?«

Ihre Hände schlängeln sich über den Tisch auf mich zu und verschlingen meine Hände. Ich aber denke an Sabine in Berlin, an das plötzliche Ende unserer Beziehung, an die Schnelligkeit, mit der sie einen neuen Liebhaber hatte.

»Berlin ...«, sage ich und denke daran, dass mich Lina dort bereits hat überwachen lassen.

»Nein, denk nicht daran«, sagt Lina.

Aber ich habe plötzlich ein Gefühl im Magen, als säße ich in einem Netz. Es wurde von einem Baum herab über mich geworfen. Ich wurde hochgezogen und nun hänge ich hier, habe seit Tagen nichts gegessen.

* * *

Münchner Isarbrücken von Süden nach Norden:

Großhessenloher Eisenbahnbrücke

Marienklausenbrücke

Thalkirchner Brücke

Flauchersteg / Schinderbrücke (Flaucherhalbinsel)

Brudermühlbrücke

Braunauer Eisenbahnbrücke

Wittelsbacher Brücke

Reichenbachbrücke

Corneliusbrücke

Boschbrücke / Zenneckbrücke (Museumsinsel)

Marianbrücke / Kabelsteg (Insel)

Ludwigsbrücke

Praterwehrbrücke

Maximiliansbrücke

Prinzregentenbrücke (Luitpold)

Max-Joseph-Brücke / Tivolibrücke (über Eisbach)

John-F.-Kennedy-Bücke (nur Autos, Isar-Ring)

Fett: *im Roman erwähnt*

Weitere Krimis im Conte Verlag

Lilo Beil ***Gottes Mühlen***
Kommissar Gontards erster Fall
184 Seiten, ISBN 978-3-936950-49-6, 9,90 €

Lilo Beil ***Das Licht unterm Scheffel***
Kommissar Gontards zweiter Fall
178 Seiten, ISBN 978-3-936950-72-4, 9,90 €

Lilo Beil ***Die schlafenden Hunde***
Kommissar Gontards dritter Fall
188 Seiten, ISBN 978-3-936950-87-8, 9,90 €

Lilo Beil ***Die Kinder im Brunnen***
204 Seiten, ISBN 978-3-941657-10-6, 11,90 €

Lilo Beil ***Die Nacht der grauen Katzen***
Kommissar Gontards vierter Fall
202 Seiten, ISBN 978-3-941657-28-1, 11,90 €

Lilo Beil ***Die Mauern des Schweigens***
Kommissar Gontards fünfter Fall
192 Seiten, ISBN 978-3-941657-60-1, 11,90 €

JuttaStina Strauss ***Koks und Kosakenkaffee***
Guzzos erster Fall
286 Seiten, ISBN 978-3-936950-54-0, 13,90 €

JuttaStina Strauss ***Mis en Vosges***
Guzzo in Lothringen
290 Seiten, ISBN 978-3-936950-80-9, 13,90 €

Peter J. Kraus ***Joint Adventure***
228 Seiten, ISBN 978-3-941657-16-8, 12,90 €

Stefan Hüfner ***Der Tote von Dresden***
184 Seiten, ISBN 978-3-936950-13-7, 9,90 €

Weitere Krimis im Conte Verlag

Gaston Leroux ***Die Hölle an der Ruhr***
180 Seiten, ISBN 978-3-941657-21-2, 11,90 €

Jens Luckwaldt ***Puder und Blei***
218 Seiten, ISBN 978-3-941657-26-7, 12,90 €

Barbara Mansion ***Mörderische Wallfahrt***
204 Seiten, ISBN 978-3-936950-59-5, 9,90 €

Barbara Mansion ***Das Geheimnis der Burgkapelle***
198 Seiten, ISBN 978-3-941657-09-0, 12,90 €

Kerstin Rech ***Schenselo***
188 Seiten, ISBN 978-3-936950-60-1, 9,90 €

Kerstin Rech ***Hotel Excelsior***
232 Seiten, ISBN 978-3-936950-77-9, 11,90 €

Carolin Römer ***Die irische Meerjungfrau***
306 Seiten, ISBN 978-3-941657-25-0, 13,90 €

Dieter Paul Rudolph ***Arme Leute***
210 Seiten, ISBN 978-3-941657-06-9, 12,90 €

Dieter Paul Rudolph ***Pixity***
292 Seiten, ISBN 978-3-941657-29-8, 13,90 €

Jean Amila ***Mond über Omaha***
Reihe Amila 1, 214 Seiten, ISBN 978-3-936950-33-5, 10,00 €

Jean Amila ***Mitleid mit den Ratten***
Reihe Amila 2 , 212 Seiten, ISBN 978-3-936950-43-4, 10,00 €

Jean Amila ***Bis nichts mehr geht***
Reihe Amila 3, 220 Seiten, ISBN 978-3-936950-53-3, 10,00 €

Jean Amila ***Motus!***
Reihe Amila 4, 180 Seiten, ISBN 978-3-936950-79-3, 10,00 €

Weitere Krimis im Conte Verlag

Jean Amila ***Die Abreibung***
Reihe Amila 5, 190 Seiten, ISBN 978-3-936950-96-0, 10,00 €

Jean Amila ***Auf Godot wartet keiner***
Reihe Amila 6, 200 Seiten, ISBN 978-3-941657-11-3, 10,00 €

Markus Walther (Hrsg.) ***Letzte Grüße von der Saar***
Krimi-Anthologie, 244 Seiten, ISBN 978-3-936950-68-7, 12,90 €

Lisa Huth, Karin Mayer (Hrsg.) ***Mord vor Ort***
Das Krimibuch zum Treffpunkt Ü-Wagen
230 Seiten, ISBN 978-3-941657-02-1, 12,90 €

Lisa Huth, Karin Mayer (Hrsg.) ***Mord vor Ort 2***
Das Krimibuch zum Treffpunkt Ü-Wagen
236 Seiten, ISBN 978-3-941657-41-0, 12,90 €

Ingrid Schmitz (Hrsg.) ***Muscheln, Mousse und Messer*** *Eine kulinarische Krimi-Anthologie*
220 Seiten, ISBN 978-3-941657-22-9, 12,90 €

Elke Schwab ***Kullmanns letzter Fall***
270 Seiten, ISBN 978-3-936950-71-7, 11,90 €

Elke Schwab ***Tod am Litermont***
278 Seiten, ISBN 978-3-936950-74-8, 12,90 €

Elke Schwab ***Hetzjagd am Grünen See***
302 Seiten, ISBN 978-3-936950-95-3, 12,90 €

Elke Schwab ***Das Skelett vom Bliesgau***
282 Seiten, ISBN 978-3-941657-14-4, 12,90 €

Elke Schwab ***Galgentod auf der Teufelsburg***
330 Seiten, ISBN 978-3-941657-39-7, 12,90 €